# Le Malentendu

DU MÊME AUTEUR

Aux Éditions Denoël

*Suite française*, 2004, prix Renaudot. Folio nº 4346

*Le Maître des âmes*, 2005. Folio nº 4477

*Chaleur du sang*, 2007. Folio nº 4721

*Les Vierges*, Denoël, 2009

Aux Éditions Gallimard

*Films parlés*, 1934

*Un enfant prodige*, 1992. Folio Junior nº 1362

Chez d'autres éditeurs

*Les Chiens et les Loups*, Albin Michel, 1990

*Le Vin de solitude*, Albin Michel, 1990

*Le Bal*, Grasset, 2002

*Dimanche et autres nouvelles*, Stock, 2004

*Destinées*, Éditions Sables, 2004

*La Proie*, Albin Michel, 2005

*La Vie de Tchekhov*, Albin Michel, 2005

*Les Feux de l'automne*, Albin Michel, 2005

*Jézabel*, Albin Michel, 2005

*David Golder*, Grasset, 2005

*Les Mouches d'automne*, Grasset, 2005

*L'Affaire Courilof*, Grasset, 2005

*Les Biens de ce monde*, Albin Michel, 2005

*Le Pion sur l'échiquier*, Albin Michel, 2005

Irène Némirovsky

# Le Malentendu

roman

*Préface d'Olivier Philipponnat*

LE GRAND LIVRE DU MOIS

# Préface

Le premier roman d'Irène Némirovsky s'ouvre sur un décor familier : celui de ses dernières vacances à Hendaye, en août 1939, avec ses filles et son mari, précisément dans une de ces « maisons de faux style basque » baignée d'un « parfum de cannelle et d'orangers », à deux pas d'une plage de « sable chaud ». Ne croirait-on pas que, sous ce « ciel d'août », va éclater l'annonce du pacte germano-soviétique, ruinant tous ses espoirs d'obtenir enfin la nationalité française ? Et comme il résonne étrangement, l'ultime aveu de l'amante abandonnée : « Voilà, c'est fini... Et je n'ai pas su que c'était le bonheur... » Cette amertume, est-ce déjà le prix de vingt ans de fidélité à un pays auquel ce livre, des hauteurs de Montmartre aux rives de la Bidassoa, fut le premier à déclarer sa flamme d'aussi touchante façon ? Même la plus jeune héroïne de ce récit, fillette espiègle, s'appelle France...

Simple illusion : car nous sommes en août 1924, et nul orage ne menace le flirt de Denise Jessaint, « petite épouse choyée d'un mari qui gagnait beaucoup d'argent », et d'Yves Harteloup, « petit garçon riche » ayant mangé son pain blanc, mais nullement résigné à sacrifier le superflu au nécessaire. Toutes les conditions d'un adultère à l'eau de rose sont réunies : un célibataire nostalgique des « matins radieux de son enfance » ; une « très jolie » maman dont l'époux doit s'absenter pour affaires ; un soleil trompeur qui les dénude et décourage tout préjugé. Une pluie froide d'automne va tomber sur ce paradis, obligeant Adam et Ève à revêtir, lui, un triste complet d'employé, elle, une robe brodée de perles et des « souliers d'argent ». À la fin de ce chaud et froid sentimental, un an pile après avoir surgi dans l'« éclatante lumière du pays basque », leur amour s'asphyxie dans l'« atroce chaleur » de l'été parisien. Une femme du monde et ce qu'on appelle déjà un « nouveau pauvre » ne pouvaient s'assortir. S'ils avaient su que leur romance finirait sous la loupe d'une étude de mœurs…

Car si *Le Malentendu* emprunte les chemins de l'intrigue sentimentale ou du mélodrame, c'est un leurre. Pas plus que Denise, Irène Némirovsky ne veut de « la poésie facile d'un roman d'été ». Nouée dans une « espèce d'innocence », l'idylle est brutalement livrée au réalisme le plus cru, confrontée aux contingences les plus triviales. Aux radieuses vacances à la mer, dignes d'une affiche SNCF, succède la grisaille du Paris d'après-guerre. Un jeune héros fourbu croupit dans les tranchées de la vie de bureau, tandis qu'avenue d'Iéna une belle oisive découvre avec stupeur que son amant habite avec un chien dans un appartement de Pigalle…

Avec quelle application cruelle Irène Némirovsky détraque

le conte de fées, dégrise les amants et dresse entre eux la « petite frontière infranchissable » que constituent un billet de cent francs, l'humiliation d'un instant de pitié, la torture d'un téléphone muet, tout le pouvoir d'inertie du confort moderne ! Pourri au cœur par un brusque changement de climat, l'amour d'Yves et Denise se décompose sous l'œil attentif de la romancière, jusqu'au moment où ils deviennent incapables de se comprendre : « Est-ce que quelqu'un connaît quelqu'un ? » Jane Austen n'eût pas suivi d'autre recette.

Cette fable désenchantée pourrait être une variation sur le thème de *L'Étape*, mais c'est au nom de l'équilibre social que Paul Bourget ruinait l'ascension précipitée de son héros : « On ne change pas de milieu et de classe sans que des troubles profonds se manifestent dans tout l'être[1]. » Au contraire, Yves Harteloup est un déclassé, et Irène Némirovsky n'ignore pas que ce « mesquin mal du siècle » est un dommage de la Grande Guerre. Tout son art consiste à barbouiller de Barbusse les créatures de Bourget. L'éducation d'Yves, fils d'un « Parisien de race », le destinait à frayer chez les Jessaint, et ce que Bourget appelle la « maturation de la race », il n'en est que trop le produit ; mais ayant perdu sa fortune, sa jeunesse et son courage quelque part dans les Flandres, comment ses réflexes de classe ne le voueraient-ils pas à la déchéance ? « Lazare ressuscité », n'a-t-il traversé « l'épouvante de la mort » que pour suivre Denise dans le sabbat d'un cabaret rempli de « squelettes »,

1. Paul Bourget, *L'Étape*, 1902.

de « crapauds » et d'« ogresses » ? Dans ce caveau luxurieux, on verra le cauchemar de Verdun se mélanger à la « foire cosmopolite ». Et dans quinze ans, devenu cynique et corrompu sous les traits du vétéran Bernard Jacquelain (*Les Feux de l'automne*), Yves s'enrichira sans scrupule aux dépens de ce monde « coupable et fou »...

Étude sentimentale en trompe l'œil, *Le Malentendu* dresse avec une étonnante acuité le bilan psychologique et social d'une guerre qu'Irène Némirovsky, encore adolescente, n'a pas vue davantage qu'elle ne verra de près les troupeaux de l'Exode en 1940. Elle n'avait pas vingt-trois ans lorsqu'il parut sous son nom dans *Les Œuvres libres*, en février 1926. Dès le succès de *David Golder*, quatre ans plus tard, ce premier roman fut aussitôt republié dans un petit in-16°. Frédéric Lefèvre a raison d'admirer qu'une aussi jeune romancière eût « assez réfléchi sur la vie pour avoir de problèmes complexes une vision lucide et synthétique [1] ». Assez réfléchi, mais aussi assez vécu, ayant traversé une révolution, connu l'exil et noyé son enfance dans les eaux de Saint-Pétersbourg, pour en tirer déjà une leçon : le bonheur laisse un goût amer, mais « c'était le bonheur ».

OLIVIER PHILIPPONNAT

1. *Les Nouvelles littéraires*, 11 janvier 1930.

# 1

Yves dormait, comme un petit garçon, de tout son cœur. Il avait enfoui le front dans le creux de son coude replié, retrouvant d'instinct, avec son sommeil profond et confiant d'autrefois, les gestes et jusqu'au sourire des gosses, innocent et sérieux ; il rêvait à une plage plate, dévorée de soleil, au soleil du soir sur la mer, au soleil parmi les tamaris.

Depuis plus de quatorze années, pourtant, il n'avait pas revu Hendaye, et, la veille, arrivé à la nuit, il n'avait aperçu de ce coin délicieux de la terre basque qu'un gouffre d'ombre, plein de bruits, — la mer — quelques lumières parmi une obscurité plus dense, et qu'il avait devinée être un bois de tamaris, et puis d'autres lumières au bord des vagues, — le Casino — là où, seules, se balançaient, jadis, les barques des pêcheurs. Mais, dans son souvenir, le paradis ensoleillé de son enfance était demeuré intact, et ses songes le recréaient pareil, jusqu'aux plus infimes détails, jusqu'à la saveur particulière de l'air.

Enfant, Yves avait passé à Hendaye ses plus belles vacances. Il y avait savouré des journées dorées et pleines, mûries comme de beaux fruits, par un soleil qui paraissait tout neuf, ainsi qu'aux premiers âges du monde, à ses yeux émerveillés. Depuis, l'univers avait semblé perdre, peu à peu, ses fraîches couleurs, le vieux soleil lui-même était plus terne. Mais, dans certains de ses rêves, il arrivait au jeune homme, qui avait gardé une imagination gracieuse et vive, de les ressaisir de nouveau dans toute leur primitive splendeur ; les matinées qui suivaient ces nuits étaient alors comme enchantées par une tristesse délicieuse.

Ce matin-là, Yves s'éveilla en sursaut, ainsi qu'il le faisait à Paris, sur le coup de huit heures. Il ouvrit les yeux et fit un mouvement pour sauter du lit ; mais par la fente des persiennes, il vit glisser jusqu'à son chevet un rayon aigu, comme une flèche d'or, en même temps qu'il percevait ce bourdonnement léger des beaux jours d'été à la campagne, mêlé aux cris des joueurs de tennis dans les jardins voisins, et ce bruit particulier, gai — des coups de sonnette, des pas, des voix étrangères — qui, seul, suffit à révéler l'hôtel, une grande habitation pleine de désœuvrés.

Yves, alors, se recoucha, sourit, s'étira, jouissant de tous ses gestes de paresse exquise, comme d'un luxe retrouvé. Enfin, il chercha la sonnette qui pendait entre les barreaux de cuivre du lit, et il la pressa. Au bout de quelque temps, le sommelier entra, portant le plateau du déjeuner. Il ouvrit les volets, et le soleil envahit la chambre, comme un flot.

« Il fait très beau », se dit Yves à haute voix, comme quand il était collégien et que du temps dépendaient tous ses plaisirs et tous ses soucis. Il sauta à terre, et, pieds nus, courut à la fenêtre. D'abord il fut déçu : il avait connu

Hendaye alors que ce n'était qu'un tout petit hameau de pêcheurs et de contrebandiers, avec deux villas, seulement, celle de Pierre Loti, un peu plus loin, à gauche, du côté de la Bidassoa, et celle de ses parents, à droite, là, justement, où s'élevaient à présent une vingtaine de ces maisons de faux style basque. Il vit qu'on avait tracé au bord de la mer une digue plantée de maigres arbres ; des autos y stationnaient. Il se détourna en boudant. Pourquoi lui avait-on gâté ce coin béni de la terre, qu'il avait aimé à cause de sa simplicité même, de son charme apaisant ? Cependant il restait debout près de la fenêtre ouverte, et, peu à peu, ainsi qu'on reconnaît dans un visage modifié par les années, un sourire, un regard, et que, guidé par eux, on retrouve, en hésitant les traits aimés, de même, il redécouvrait, avec une émotion profondément douce, des lignes, des nuances, le contour des montagnes, la surface miroitante du golfe, la chevelure vivante et légère des tamaris. Et, quand il eut perçu de nouveau, dans l'air, ce parfum de cannelle et d'orangers en fleur qu'y apporte le vent d'Andalousie, il fut tout à fait réconcilié avec l'œuvre du temps, il sourit, et l'ancienne allégresse lui dilata le cœur.

À regret il quitta la croisée, alla vers la salle de bains ; ripolinée, dallée de blanc, elle flamboyait, pleine de soleil. Yves tira les stores, et, comme ils étaient de guipure, ornés de dessins compliqués instantanément, par terre, les mêmes dessins surgirent, recouvrant le sol d'un tapis léger, mouvant et délicat qui remuait chaque fois que le souffle de la mer agitait les rideaux. Yves, ravi, suivait des yeux ce jeu de la lumière et de l'ombre ; il se rappela que c'était son passe-temps favori de gosse. Or, chaque fois qu'il retrouvait, dans l'homme qu'il était devenu, de ces traits puérils, il éprouvait un peu de l'attendrissement qu'on ressent à regarder ses anciens portraits, mêlé à une vague angoisse.

Il leva les paupières et s'aperçut dans la glace. Son âme, ce matin-là, était tellement pareille à celle des matins radieux de son enfance que son image reflétée dans le miroir lui causa une impression de surprise pénible. Visage de la trentaine, si las, terni, au teint brouillé, avec sa petite grimace amère au coin de la bouche, ses yeux dont le bleu paraît déteint, ses paupières cernées et qui n'ont plus leurs longs cils soyeux… Visage d'homme jeune, certes, mais déjà modifié, travaillé par la main du temps qui, doucement, impitoyablement, a tracé dans la fraîcheur lisse de la chair adolescente tout un lacis léger, première ébauche narquoise des rides futures. Yves passa la main sur son front qui se dégarnissait déjà vers les tempes ; puis, d'un geste machinal, il palpa longuement, sous ses cheveux qui avaient repoussé plus rêches à cette place, la trace de sa dernière blessure, cet éclat d'obus qui avait failli le tuer là-bas en Belgique, près de ce sinistre pan de mur calciné, parmi les arbres morts…

Mais le sommelier qui entrait pour enlever le plateau du déjeuner l'arracha à ses réflexions qui s'assombrissaient insensiblement, ainsi qu'il arrive certains jours d'été, quand le ciel trop bleu se fonce, sans qu'on le remarque, jusqu'au gris noir de l'orage. Yves passa des espadrilles, un maillot de bain, jeta un peignoir sur ses épaules et descendit sur la plage.

# 2

Yves, étendu de tout son long sur le sable chaud, qui crissait sous ses pieds nus, fermait les yeux, se raidissait, s'immobilisait davantage, pour mieux goûter, de toutes les lignes de sa peau que le soleil brûlait, de tout son visage renversé offert à la lumière intense du ciel d'août, pâle de chaleur, une sensation unique de joie silencieuse, parfaite, presque animale.

Autour de lui, des hommes et des femmes, jeunes et beaux pour la plupart, et hâlés jusqu'à l'invraisemblance, se mouvaient, agiles et dévêtus. D'autres, couchés par groupes, séchaient, comme lui, au soleil, leurs corps mouillés ; des adolescents, nus jusqu'à la ceinture, jouaient au ballon au bord des vagues ; ils couraient le long de la plage claire, comme des ombres chinoises. Yves, lassé par le bain trop long, ferma les yeux ; la clarté de midi pénétrait à travers ses paupières closes, le plongeant dans des ténèbres de feu, où roulaient de grands soleils à la fois obscurs et flamboyants. L'air était plein du battement sonore des vagues qui se heurtaient contre le sable avec un bruit d'ailes puissantes. Yves fut tiré de sa torpeur par un rire aigu d'enfant ; de petits pieds pressés courent tout près de lui, et, aussitôt, une poignée de sable lui fut jetée. Il se redressa, et il entendit une voix de femme s'exclamer, pleine de scandale :

— Francette, voyons, Francette, veux-tu bien être sage et venir ici tout de suite !...

Yves, complètement réveillé, s'assit à la turque et ouvrit tout grands ses yeux ; il aperçut une jolie silhouette féminine moulée dans un maillot noir, que tirait par la main une toute petite fille de deux ou trois ans à peine, robuste et drôle comme tout, avec une calotte de cheveux blonds que le soleil avait déteints jusqu'à la couleur du chaume, et un corps potelé et presque aussi noir que celui d'un négrillon.

Yves les vit s'éloigner vers la mer. Très longtemps il les suivit du regard, avec un plaisir inconscient, causé tout autant par le bébé que par la jolie maman De la figure de celle-ci, il n'avait rien vu, mais elle était faite comme une ravissante petite statue. Il ne put s'empêcher de sourire en pensant au concours de circonstances qui aurait été nécessaire à Paris pour lui permettre cette vision qui paraissait si naturelle ici, au bord de la mer. Telle qu'elle était là, brune et rose, avec tous les creux et toutes les lignes de son corps que l'on devinait sous le maillot léger, cette jeune femme lui appartenait un peu à lui, inconnu, puisqu'elle était pour lui aussi nue qu'en face de son amant. Ce fut peut-être à cause de cela qu'il ressentit, lorsqu'elle se fut perdue parmi la foule des baigneurs, une toute petite, toute fugitive angoisse, un de ces regrets singuliers, qui sont aux grands désespoirs ce qu'une piqûre d'épingle est à la blessure d'un couteau.

Il s'étendit sur le côté avec l'impression d'un vague et soudain ennui ; il se mit à jouer distraitement avec une coulée de sable blond qu'il faisait ruisseler entre ses doigts, comme un filet de cheveux légers, soyeux et irritants. Puis, de nouveau, il regarda la mer avec l'espoir d'en voir sortir la jeune femme entrevue. Des formes féminines, noires et roses, passaient devant lui ; mais il avait beau s'énerver, il n'apercevait pas celle de tout à l'heure. Enfin, il la reconnut grâce à l'enfant qui attira son attention en pleurant et en trépignant : l'eau salée, dont la pauvre gosse avait avalé, sans doute, une bouchée amère, causait toute cette bruyante protestation. La maman riait un peu, l'appelait « grosse bête » et la consolait ; tout à coup, elle se baissa, l'enleva dans ses bras, l'installa sur son épaule et se mit à courir. Yves vit distinctement le dessin de sa poitrine, haute et bien modelée, la taille, souple et robuste qu'ont seules les très jeunes femmes d'à présent qui n'ont jamais porté de corset, qui marchent beaucoup et qui dansent depuis toujours ; elle paraissait à la fois vigoureuse et fine, éveillant vaguement l'idée d'une femme grecque qui court. sans plier le corps, sous le poids de l'amphore, posée toute droite sur l'épaule. Elle portait ainsi son bel enfant, et elle était très simple et très belle, parmi toute cette belle et simple nature. Yves, avec une espèce d'anxiété, se dressa sur ses coudes pour mieux la voir quand elle passerait à côté de lui : il voulait détailler son visage ; il le vit, hâlé et bronzé presque autant que celui de sa petite fille, un menton rond, creusé d'une fossette, une bouche entr'ouverte humide et rouge, qui devait sentir le sel et l'embrun, cet air de candeur et de sévérité qu'ont les enfants et quelquefois les très jeunes femmes ; puis il vit encore des cheveux coupés courts, des mèches noires fouillées par l'âpre vent marin autour du petit front pur et qui ressemblaient ainsi, rudes et rebelles, aux boucles de marbre des statues d'adolescents grecs. Elle était vraiment très jolie. Elle avait disparu déjà sous une tente. Alors, il fut déçu, parce qu'il n'avait pas eu le temps de remarquer la couleur de ses yeux.

Quelques instants plus tard, il remontait le jardin de l'hôtel ; le grand air, le soleil lui causaient une sorte d'éblouissement, de léger mal de tête, irritant et tenace. Il marchait lentement et clignait des paupières, sans parvenir à se débarrasser de toute cette terrible lumière qui semblait être restée entre ses cils et qui gênait son regard, accoutumé aux demi-teintes des ciels parisiens. Il entra dans le hall et, là, la première chose qu'il aperçut fut le bébé qui lui avait lancé du sable et qui sautait avec de grands éclats de rire sur les genoux d'un monsieur vêtu de blanc. Yves le regarda et crut le reconnaître ; il demanda son nom au groom, qui faisait manœuvrer l'ascenseur.

— M. Jessaint, répondit le gamin.

« Mais je le connais », se dit Yves.

Il ne douta pas un moment que ce fut là le mari de la jolie créature aperçue sur la plage ; mais, au lieu de se réjouir de ce hasard qui lui permettait de lier connaissance avec elle d'une manière si simple, si rapide et si commode, il grogna avec toute la faculté d'illogisme, naturelle à l'homme :

— Zut ! encore des têtes de là-bas… On ne peut donc pas rester quinze jours seul et tranquille ?

# 3

Yves Harteloup était né en 1890, en pleine « fin de siècle », époque bénie, où il y avait encore à Paris des hommes qui ne faisaient rien, où l'on était pervers avec application et vicieux avec orgueil, où la vie s'écoulait, pour la plupart des humains, étroite et paisible, comme un ruisseau, dont on prévoit, à peu près, dès la source, le chemin uni et la durée probable.

Yves était le fils d'un « cercleux », comme on disait, en ce temps-là, d'un Parisien de race qui avait mené l'existence affairée et oisive de tous ses pareils ; il avait eu deux passions, cependant : les femmes et les chevaux. Les unes et les autres lui avaient donné les mêmes sensations de griserie, d'affolement éperdu, de danger. Grâce aux chevaux, et grâce aux femmes, il put dire, lorsqu'il mourut, n'ayant jamais quitté Paris, excepté pour Nice ou Trouville, n'ayant jamais connu du monde autre chose que les boulevards, les champs de courses, ou le Bois, ayant borné ses regards aux yeux des femmes, ses désirs à leurs bouches, il put, en mourant, répondre, au prêtre qui lui promettait la vie éternelle : « À quoi bon ? Je ne veux que le repos. J'ai tout connu. »

Yves avait dix-huit ans lorsque son père mourut. Il se souvenait bien de ses mains douces, de son sourire plein de tendresse et de moquerie, du parfum léger, irritant, qu'il traînait toujours après lui, comme s'il eût gardé, dans les plis de ses vêtements, l'arôme de tant de femmes caressées. Yves lui ressemblait ; il avait aussi de belles mains faites pour l'oisiveté, et l'amour, et les mêmes yeux fins et clairs ; mais ils étaient si aigus chez le père, si passionnément vivants, et, chez le fils, si ternes parfois, tellement pleins d'ennui et de malaise, d'une profondeur d'eau profonde…

Yves se rappelait aussi très bien sa mère, quoiqu'il l'eût perdue bien tôt ; tous les matins, sa gouvernante le menait chez elle, tandis qu'on la coiffait ; elle portait des peignoirs légers, tout fanfreluchés de dentelles qui faisaient un bruit d'ailes d'oiseau quand elle marchait ; il se souvenait même de ses corsets de satin noir, moulant un corps menu et joli, de la silhouette cambrée exigée par la mode, de ses cheveux roux, de sa peau rose.

Il avait eu une enfance heureuse de petit garçon riche, bien portant, choyé. Ses parents l'aimaient, se préoccupaient de lui, et, comme ils croyaient connaître d'avance la vie qui serait sans doute la sienne, libre, opulente, désœuvrée, ils s'efforçaient de lui donner de bonne heure ce goût de la beauté, de la pensée qui anoblit l'existence, et aussi des mille riens subtils de l'élégance, du luxe qui l'embellissent, la parent d'une douceur incomparable. Et Yves grandissait, en apprenant à aimer les belles choses, à bien dépenser l'argent, à bien s'habiller, comme à bien monter à cheval, à faire de l'escrime, et aussi, grâce aux leçons discrètes de son père, à regarder les femmes comme l'unique bien de ce monde, la volupté comme un art, la vie, enfin, comme une chose jolie, légère et gracieuse, d'où le sage ne devrait savoir tirer que des joies.

À dix-huit ans, Yves se trouva orphelin et suffisamment riche, ses études terminées. Son deuil le forçant à une solitude relative, il s'ennuya, commença à préparer vaguement une licence ès lettres, puis l'idée lui vint de voyager, car il différait en cela de son père, comme de toute la génération précédente, qu'il ne limitait pas l'univers à l'avenue de l'Opéra et au sentier de la Vertu ; il avait de l'étranger une curiosité ardente que son père qualifiait de « romantique » avec un souriant mépris. Yves passa donc plusieurs mois en Angleterre, rêva d'un voyage au Japon qu'il n'accomplit pas, visita quelques vieilles petites villes mortes d'Allemagne, vécut des jours calmes et enchantés à Sienne et tout un printemps en Espagne, dont le meilleur de son enfance lui avait donné le désir : elle s'était écoulée à Hendaye, sur la frontière espagnole, dans une antique maison de ses parents, où ils l'envoyaient passer l'été avec sa gouvernante. Ainsi, en déplacements perpétuels, il vécut un peu plus de deux années, et il revint à Paris, au début de 1911. Il s'y installa définitivement ; il s'arrangea pour faire à Versailles son service militaire ; deux, trois années passèrent, rapides, douces. Il s'en souvenait maintenant, comme de certains printemps, courts, pleins de soleil, de brèves aventures amoureuses, et qui paraissent si vite enfuis, si vides, mais si charmants. Et puis, brusquement, éclatant au beau milieu de cette existence-là, ce fut la guerre, comme un coup de tonnerre dans un ciel bleu.

1914 : le départ, les premiers enthousiasmes, l'épouvante de la mort. 1915 : le froid, la faim, la boue des tranchées, la mort devenue une compagne familière, qui marche à côté de vous et qui dort dans votre cagna. 1916 : encore le froid, la saleté, la mort. 1917 : la fatigue, la résignation, la mort… Un long, long cauchemar… De ceux qui avaient survécu, certains, les bourgeois, les calmes, étaient revenus pareils, retrouvant les anciennes habitudes, l'ancien état d'âme, comme de vieilles pantoufles. D'autres, les ardents, avaient rapporté parmi les hommes leurs révoltes, leurs fièvres, leurs désirs tourmentés. D'autres, comme Yves, étaient revenus simplement fatigués. Ils avaient cru d'abord que cela passerait, que le souvenir des heures noires s'effacerait à mesure que l'existence redeviendrait calme, normale, clémente, qu'ils se réveilleraient, un beau matin, vigoureux, joyeux et jeunes comme avant. Mais le temps s'écoulait, et « cela » demeurait, comme un lent poison. « Cela », l'étrange regard lointain qui a vu toutes les horreurs humaines, toutes les misères, toutes les peurs, le mépris de la vie et l'âpre désir de ses joies les plus grossières, les plus charnelles, la paresse, puisque l'unique travail là-bas, pendant tant d'années, avait été d'attendre la mort, les bras croisés, une sorte d'hostilité amère envers les autres, tous les autres, parce qu'ils n'ont pas souffert, eux, parce qu'ils n'ont pas vu… Beaucoup étaient revenus avec des pensées pareilles ou semblables ; beaucoup avaient continué à vivre, comme

Lazare ressuscité, qui s'avance parmi les vivants, les bras tendus, la marche embarrassée par son linceul et les prunelles agrandies d'une morne épouvante.

En 1919, seulement, Yves, blessé trois fois, décoré de la Croix de guerre, revint définitivement à Paris ; il commença à mettre de l'ordre dans ses affaires, à calculer ce qui lui restait de sa fortune. Or, elle avait été divisée en deux parts, à sa majorité, par les soins de son notaire. Ce qu'il avait hérité de sa mère avait été placé dans l'usine du frère de cette dernière, richissime industriel. De ce côté-là, plus rien : son oncle était mort ruiné en 1915. Restait l'héritage du père converti avant la guerre en actions étrangères, allemandes et russes pour la plupart. Tous comptes faits, Yves se trouva donc à la tête d'une rente qui suffisait largement à payer ses cigarettes et ses taxis. Il lui fallait travailler pour vivre. Des heures sombres qui suivirent, il ne put jamais se rappeler plus tard sans un frisson rétrospectif au creux du dos. Ce garçon, qui avait été pendant quatre ans une manière de héros, était lâche devant l'effort quotidien, le travail imposé, la tyrannie mesquine de l'existence. Il aurait pu, certainement, aussi bien qu'un autre, faire un beau mariage, épouser une fille de nouveaux riches ou une Américaine à dollars, mais son éducation l'avait pourvu de tous ces scrupules et de toutes ces délicatesses qui sont un luxe, comme les autres, mais plus encombrant, et même de ces principes qui font à la conscience quelque chose comme un siège gothique très dur, à haut dossier, très beau et très incommode. Finalement, Yves avait trouvé une place dans les bureaux de l'administration d'une grande agence d'information internationale — deux mille cinq cents francs par mois, situation inespérée.

Depuis 1920 — on était en août 1924 — Yves menait cette vie d'employé qu'il haïssait comme certains petits garçons, très paresseux et très sensibles, haïssent l'internat. Il avait gardé son ancien appartement plein de souvenirs, de fleurs, de jolies choses disposées avec amour. Chaque matin, à huit heures, quand il fallait se lever, s'habiller à la hâte, quitter cette ombre, cette tiédeur, pour le froid brutal de la rue, pour le bureau hostile et nu, où toute la journée se passerait à donner, à recevoir des ordres, à écrire, à parler, Yves ressentait le même désespoir, le même sursaut de révolte haineuse et vaine, le même horrible, noir, écrasant ennui. Il n'était ni ambitieux, ni actif; il accomplissait avec soin ce qu'il avait à faire, presque comme on prépare ses leçons au collège.

L'idée même ne lui venait pas qu'il pût faire des affaires, lutter, essayer de s'enrichir. Fils, petit-fils de riches, d'oisifs, il souffrait du manque d'aisance, d'insouciance, comme on souffre de la faim, du froid. Peu à peu, il s'était accoutumé à sa vie, parce qu'on s'habitue, tant bien que mal, à tout, mais sa résignation était pesante et morne. Les jours se traînaient pareils, apportant, avec le soir, une sensation de lassitude extrême, des maux de tête, un amer et maladif besoin de solitude. Il dînait à la hâte au restaurant, ou bien au coin du feu, son chien Pierrot, un loulou blanc tout frisé, qui ressemblait à un mouton d'étagère, entre ses jambes, et il se couchait tôt, parce que les cabarets, les dancings coûtent cher, parce qu'il devait se lever de bonne heure le lendemain.

Il avait des maîtresses, des liaisons de deux, trois mois au plus, vite nouées, vite rompues : elles l'ennuyaient toutes très rapidement. Il changeait souvent de femmes, car il jugeait qu'il n'y a que la première étreinte qui vaille quelque chose : il pratiquait à merveille cet art essentiellement moderne qui consiste à « laisser tomber les femmes » : il savait se débarrasser d'elles avec douceur. Parfois, quand il venait d'en quitter une, avec la sensation d'allégement que procure une corvée accomplie, il se souvenait de son père, qui avait cru trouver le sens de la vie dans ces yeux, ces seins, ces spasmes brefs. La femme... Pour Yves, ce n'était rien de plus qu'un joli et commode objet : d'abord, il y en avait tant depuis la guerre, elles étaient si faciles... et puis, vraiment, non, non, il avait beau se pencher sur ces regards de caresse et de mensonge, il n'y trouvait pas cet intime frisson de l'âme, cette lueur d'inconnu que son père avait cru atteindre, qu'il cherchait, lui aussi, peut-être, obscurément. Et il pensait que, pour celui qui a plongé ses yeux au fond des yeux des mourants, qui est tombé blessé, qui a écarquillé désespérément les paupières pour tenter d'apercevoir un peu de ciel avant de mourir, pour celui-là, la femme n'a pas de secret ni de mystère, ni d'autre charme, que celui d'être complaisante, jolie et fraîche. L'amour..., ce devait être une impression de paix, de calme, de sérénité infinie... L'amour, cela devait être le repos... si cela existait...

# 4

Tous les étés, Yves obtenait un congé de quelques semaines et, comme il menait, l'hiver, une existence très économe, il pouvait se permettre de passer ses vacances où et comme il lui plaisait. Cette année-ci, il était revenu à Hendaye, poussé par le désir de revoir la plage charmante où il avait vécu enfant, et aussi parce qu'il jugeait Hendaye moins fertile que d'autres endroits en tentations de toute sorte, et, cependant, à proximité de Biarritz et de Saint-Sébastien, c'est-à-dire des deux centres les plus aimables de la foire cosmopolite. D'ailleurs, il adorait également le flot libre et sauvage et l'éclatante lumière du pays basque. Enfin la vie oisive et aisée des grands hôtels lui donnait la même sensation agréable de confort retrouvé que l'on éprouve en se plongeant dans une baignoire pleine d'eau chaude après un long voyage en chemin de fer.

Ce matin de son arrivée, Yves, descendu vers deux heures de sa chambre où il s'était attardé dans une minutieuse toilette, achevait de déjeuner presque seul dans l'immense salle du restaurant ; malgré les stores de toile bise qui voilaient les larges baies vitrées, le soleil entrait, s'étalait, rutilait, fauve, comme une fabuleuse chevelure. Yves s'efforçait de résister au désir puéril qui le prenait de caresser avec ses doigts, au passage, les rayons d'or ; ils dansaient sur la nappe et le couvert, ils allumaient des rubis et du sang au fond de son verre de vieux bourgogne. Autour de lui quelques familles d'Espagnols finissaient leur repas, en jacassant d'une voix de gorge ; les femmes étaient lourdes et fanées, les jeunes gens très beaux ; mais ils avaient presque tous des yeux merveilleux, des yeux de velours et de feu, et, en les regardant, Yves se souvenait de l'Espagne proche, et il faisait des rêves d'y aller en octobre, de revoir les maisons roses, les patios d'où jaillissaient les fontaines. Mais à temps, coupant brutalement en deux son songe indécis, surgit dans sa mémoire le rappel importun de la date à laquelle expirait son congé, comme du chiffre qu'atteignait la peseta en ce mois d'août de l'an de grâce 1924, et il ramena bien sagement et tristement son regard, qui vagabondait du côté des Pyrénées, vers la grosse poire juteuse qu'il était en train de peler. Il acheva de la manger, puis il sortit sur la terrasse.

Quelques groupes assis autour des guéridons d'osier buvaient du café et feuilletaient les journaux de Paris et de Madrid ; sur un bout d'estrade, des musiciens accordaient paresseusement leurs instruments ; déjà, dans le jardin, des adolescents infatigables jouaient au tennis ; le vent marin gonflait les grands stores de coutil qui claquaient comme des voiles. Yves s'approcha de la balustrade pour regarder la mer : il ne s'en lassait pas.

Il s'entendit appeler par son nom.

— Vous allez bien, Harteloup ? Vous êtes depuis longtemps ici ?

Il se retourna et reconnut Jessaint. À côté de lui la jeune femme, tout à l'heure entrevue, se balançait, dans un rocking-chair ; elle était toute vêtue de blanc, tête nue, jambes nues, ses pieds fins chaussés de sandales à rubans. Sa petite fille gambadait à côté d'elle sur les dalles tièdes de la terrasse.

Jessaint demanda :

— Vous ne connaissez pas ma femme ?... Denise, je te présente monsieur Harteloup.

Yves s'inclina ; puis il dit, répondant à la première question qui lui avait été faite :

— Je suis arrivé hier soir, seulement. Ça doit se voir, ajouta-t-il en souriant et en étendant devant lui ses mains blanches de Parisien.

La jeune femme se mit à rire :

— C'est vrai ! Nous sommes tous noirs comme des moricauds ici...

Puis, regardant Yves plus attentivement, elle ajouta :

— Je ne me trompe pas... c'est à vous que ma fille a jeté du sable tout à l'heure, sur la plage ? J'aurais dû m'excuser tout de suite ; mais j'ai préféré faire semblant de croire que vous dormiez...

J'avais honte d'avoir une petite fille si mal élevée, acheva-t-elle en attirant près d'elle la gamine qui levait vers eux une ronde et rieuse figure...

Yves prit une grosse voix.

— C'est vous, mademoiselle, qui tourmentez ainsi de pauvres, paisibles garçons qui ne vous ont jamais rien fait ?

Le bébé éclata de rire en cachant sa tête dans le creux des genoux maternels.

— Elle paraît de bonne humeur, constata Yves.

— Elle est insupportable, dit la mère avec un joli orgueil dans ses yeux.

Elle releva du doigt le petit menton rond enfoncé dans ses jupes et dit :

— Enfin, il faut nous pardonner, quoique nous soyions bien espiègle et bien méchante, parce que nous sommes encore très petite, n'est-ce pas, mademoiselle Francette ? nous n'avons pas tout à fait deux ans et demi.

— Certainement non, je ne lui pardonnerai pas, dit Yves.

Il saisit la petite bonne femme dans ses bras et se mit à la faire sauter en l'air ; elle agitait ses jambes nues de toutes ses forces et riait aux éclats. Quand Yves faisait mine de la reposer par terre, elle suppliait : « Encore, encore, dis, monsieur » ; et Yves, enchanté de jouer avec ce paquet de chair brune et rose, recommençait de plus belle ; tous les deux furent désolés quand il fallut se quitter, la nurse étant venue chercher Mlle Francette pour la conduire sur la plage.

— Vous aimez les enfants ? demanda Jessaint, quand la petite, à regret, se fut éloignée.

— Je les adore, surtout quand ils sont beaux et bien portants et qu'ils rient toujours, comme votre fille.

— Pas toujours, remarqua Denise en souriant : surtout ici… La mer la grise, cette petite… Elle passe du rire aux larmes avec une facilité et une soudaineté qui me désespèrent.

— Comment l'appelez-vous ?

— Francette, France, parce qu'elle est née le jour anniversaire de l'armistice.

Jessaint dit :

— C'est drôle que vous aimiez les gosses... Moi, je suis toqué, de la mienne, c'est vrai, mais en revanche, je ne peux pas souffrir ceux des autres... Ils font du bruit, ils sont assommants...

— Eh bien, et la vôtre alors ? protesta Denise. Elle en fait à elle seule plus que toute une école !

— D'abord, vous exagérez... Et puis, c'est la mienne, vous l'avez dit, et la vôtre, surtout, acheva-t-il en baisant légèrement la main de sa femme...

Yves le regarda et vit que son visage s'éclairait de tendresse quand il parlait à Denise. Jessaint surprit le vif coup d'œil que le jeune homme leur jetait ; il eut peur qu'il ne trouvât ces effusions de mauvais goût, et il dit avec un peu de gêne :

— Vous devez me trouver idiot... c'est mon départ prochain qui me rend si tendre...

— Ah, vous partez ?

— Oui, à Londres... Pour quelques semaines... Je partirai ce soir.

Et, se reprochant de trop parler de soi et des siens. il demanda :

— Et vous, mon cher Harteloup, que devenez-vous depuis le temps ?

Yves fit un geste vague.

Jessaint continua pour sa femme :

— Harteloup et moi, nous étions voisins de lit à l'hôpital des Saints-Anges, dans cette horrible petite ville noire de Belgique dont j'ai oublié le nom…

— Wassin… ou Lieuwassin ?…

— Lieuwassin… c'est ça… Il était rudement amoché, le pauvre garçon…

— Le poumon gauche traversé, dit Yves, mais c'est guéri.

— Tant mieux, tant mieux… Moi, ma jambe me fait encore mal, ça m'empêche de monter à cheval…

Denise demanda :

— Mais vous vous êtes revus depuis ?

— Oui, chez les Haguet de temps en temps, et aussi rue Bassano, n'est-ce pas ? chez Louis de Brémont ? Mais je ne vous savais pas marié, Jessaint…

— Je ne l'étais pas non plus… fiancé, seulement… Depuis mon mariage, nous ne sortons guère… Je voyage beaucoup pour mes affaires…

— Je sais… j'ai entendu parler de votre invention, dit Yves.

Il s'agissait de capter et de rendre à nouveau utilisable la fumée des cheminées d'usine, ce qui avait valu pendant la guerre, au petit ingénieur Jessaint, la notoriété et une grosse fortune.

Jessaint rougit un peu ; il avait une figure sympathique, quoique un peu simple, taillée à grands coups rudes, mais tout éclairée par des yeux bleus, très doux et très fins.

Comme le maître d'hôtel venait d'apporter le café, Denise le servit ; le soleil faisait briller le duvet sur son bras nu ; elle avait un sourire sérieux de statuette. Puis elle croisa ses mains derrière sa nuque, ferma les yeux et se mit à balancer doucement son rocking-chair, bien sage et silencieuse, tandis que les hommes continuaient à parler à mi-voix de la guerre, de ceux qui étaient restés là-bas et de ceux qui étaient revenus. Un peu plus tard, elle les interrompit :

— Je vous demande pardon… Est-ce que vous pouvez me dire l'heure ?

— Quatre heures, bientôt, madame.

— Oh, alors, il est grand temps que j'aille m'habiller… Nous allons toujours à Biarritz pour acheter votre malle, Jacques ?

— Toujours.

— Moi, dit Yves, en se levant aussi, je vais prendre mon second bain.

— Vous ne craignez pas de vous fatiguer ?

— Jamais de la vie, je vivrais dans l'eau !

Ils s'en allèrent ensemble, tandis que Jessaint demeurait sur la terrasse pour achever son café. Yves regardait marcher devant lui la jeune femme vêtue de blanc ; ses cheveux noirs, dans l'éclatante lumière, étaient légers et bleus, comme les anneaux de fumée des cigarettes orientales ; au pied du perron elle se tourna vers lui, en souriant.

— Au revoir, monsieur… À bientôt, sans doute…

Elle lui serra la main avec ce beau regard franc, direct, qu'il avait déjà remarqué et qui lui plaisait. Puis, le quittant, elle s'engouffra dans la porte tournante de l'hôtel, tandis qu'Yves s'acheminait doucement vers la plage.

# 5

Le lendemain, il la revit, à l'heure de la sieste sur le sable chaud. Jessaint était parti pour Londres, ainsi qu'il l'avait annoncé. Yves s'approcha, caressa la tête blonde et mouillée de la petite France, parla à la maman de son mari, de ces amis communs que l'on se découvre si vite dès qu'on veut s'en donner un peu la peine.

Au restaurant, où il la retrouva plus tard, il vit que leurs tables étaient voisines ; dans le hall il l'aperçut de nouveau, tandis qu'elle lisait les journaux. Et ainsi de suite… tous les jours, et à toutes les heures du jour, désormais, il la rencontra. Cela n'avait rien d'étonnant : Hendaye est un très petit coin, et tous les deux ne quittaient pas Hendaye. Denise n'aimait pas à s'éloigner de sa fille : elle avait le cœur anxieux et l'imagination inquiète des vraies mères ; Yves était engourdi par cette vie monotone et charmante qui s'écoulait avec la rapidité singulière de certains songes heureux… matins rayonnants, longues journées pleines de paresses et de soleil, crépuscules brefs, et ces nuits espagnoles qui rabattaient vers la mer tous les parfums d'Andalousie…

La présence de Denise semblait à Yves aussi naturelle et aussi étrangement chère que celle de l'Océan ; la silhouette féminine glissait parmi le décor mouvant des tamaris, comme un reflet gracieux, né du soleil et de l'ombre ; elle n'étonnait plus Yves. De même l'éclat, le bruit des vagues emplissaient ses veilles et son sommeil de couleurs violentes, d'une musique sauvage, qu'à force d'habitude il ne percevait plus. La beauté de Denise le laissait froid et calme ; cependant elle courait en maillot, agile et dévêtue sur la plage, le matin, avec l'impudeur tranquille des êtres très jeunes et très beaux, mais aucun désir ne troublait Yves, il n'éprouvait pas cette irritation, cette brûlure de curiosité qui harcèle les hommes au commencement de l'amour ; elle était jolie, elle était surtout simple et saine, et cette simplicité, cette santé charmaient Yves d'une manière presque inconsciente. Il ne se demandait pas si elle était honnête, si elle avait un ou plusieurs amants. Il ne la déshabillait pas des yeux. À quoi bon ? Elle était sans secret, et, partant, sans mystère. Il ne pensait pas à elle, quand elle était là. Mais n'était-elle pas là, toujours ? Le matin, quand il l'apercevait, il était content : est-ce qu'elle n'était pas, pour lui, comme le symbole, le signe visible de ces vacances heureuses ? Collégien à Hendaye, il voyait passer, tous les soirs, sur la jetée, deux femmes avec des mantilles noires sur la tête, des Espagnoles... elles parlaient la langue rude et rauque qu'il ne comprenait pas alors. Dans l'ombre de la nuit, il ne voyait pas leurs figures, mais, quand le pinceau lumineux du phare les touchait, elles surgissaient brusquement, éclairées d'une clarté trop vive, comme celle de la rampe ; puis elles s'éloignaient, balançant leurs jupes.

Jamais Yves n'échangea avec elles une parole ; plus tard il crut que c'étaient des femmes de chambre de l'hôtel ; elles n'étaient même pas belles, et, s'il en était vaguement amoureux, comme on l'est à quinze ans, il était certainement plus épris de la fille du garde, sa première maîtresse, et de la petite Américaine qu'il embrassait sur la bouche, derrière les cabines ; cependant, celles-là, il les avait oubliées, tandis que, s'il se rappelait cette saison de son adolescence, tout de suite, dans sa mémoire, apparaissaient ces deux femmes étrangères, causant entre elles dans leur langue inconnue, balançant leurs jupes et la mantille noire sur la tête… De même il se disait que, plus tard, s'il revoyait Denise à Paris, dans la rue, il évoquerait, avec une précision hallucinante, la plage blonde et chaude, en forme d'arc, au bord de la Bidassoa, dans la fauve splendeur d'un jour d'été. La musique a le pouvoir de ressusciter ainsi les journées défuntes, la musique très simple de préférence, certains visages de femme, aussi, pensait Yves.

# 6

Un jour, sur la plage, Denise ne parut pas. Yves ne le remarqua point tout de suite ; il prit son bain, comme d'habitude, nagea longtemps, les yeux éblouis par les paillettes brillantes qui dansaient au creux des vagues ; il se coucha sur le sable à la place accoutumée, tout près de la tente de Denise. La jeune femme n'était pas là. La petite Francette, en maillot de bain, faisait des pâtés et les démolissait tout aussitôt, à grands coups de pelle, avec une sauvage énergie destructrice ; la nurse lisait.

Yves se tourna sur le côté, de gauche à droite, avec un grand soupir inquiet, un soupir de chien qui rêve. Il se sentait nerveux sans parvenir à en préciser la raison, la respiration oppressée, le cœur battant à coups sourds, précipités. « Je suis resté trop longtemps dans l'eau », pensa-t-il. Il se souleva sur le coude, fit un geste pour appeler la petite France : elle le reconnut, se mit à rire, se leva, fit deux pas en avant, puis, lui tournant le dos, se sauva, avec l'inexplicable instinct de taquinerie des enfants. Il se recoucha, contrarié jusqu'à se mordre les lèvres d'irritation. Cependant, il continuait obstinément à rechercher à son malaise des causes physiques, naturelles : il faisait chaud, le soleil pesait comme une chape de plomb sur ses épaules ; le sable, qu'un petit vent brûlant soulevait par instants, venait frôler ses jambes, chatouillant d'une manière insupportable sa peau nue. Il ne se demandait pas nettement où était Mme Jessaint ; mais il se faisait à cette question non formulée des réponses vagues, hypocrites : « Elle va venir... elle est en retard... elle est souffrante peut-être... elle ne prend pas son bain, mais elle va descendre pour le bain de la petite... il n'est pas tard encore... » Et il se retournait sur le sable chaud, comme un malade sur son lit, sans pouvoir trouver le repos, non pas véritablement malheureux, mais se sentant très exactement ce que les Anglais nomment « inconfortable », sans arriver à comprendre pourquoi. Cependant le soleil montait au-dessus de sa tête ; la plage se vidait ; il ne restait que de jeunes garçons demi-nus qui jouaient au ballon à la lisière des vagues. Ils finirent par s'en aller, eux aussi. Le maître baigneur, avec ses aides, passa, traînant le bateau de secours que l'on remisait à l'heure du déjeuner ; ils tendaient, comme des câbles, leurs bras bruns, mouillés, musclés ; ils s'éloignèrent lentement. La plage déserte et plate s'allongeait immense, éblouissante, sous le soleil de midi. Yves demeurait là, immobile, la tête lourde, la gorge serrée. Tout à coup il sursauta, se traita d'imbécile ; souffrante, elle n'était pas venue ce matin sur la plage, mais elle descendrait pour le déjeuner ! elle n'était pas assez malade pour garder le lit par cette belle journée, décida-t-il ; seulement il devait être horriblement tard ; le temps de s'habiller, de se raser, il ne la trouverait plus. Le peignoir à peine jeté sur les épaules, il se précipita en courant vers l'hôtel.

Vingt minutes plus tard il était dans le hall, mais Denise n'était pas là ; sur sa table, le couvert était dressé, intact. Yves trouva son mutton-chop brûlé, ses petits pois mal cuits, son café imbuvable, les garçons faisaient mal leur service ; il gourmanda aigrement le maître d'hôtel et fit appeler le sommelier, pour lui dire que, dans n'importe quelle gargote, à Paris, le vin rouge ordinaire était meilleur que son Corton 1898, remarque dont le digne homme se montra touché presque jusqu'aux larmes.

Sans entamer la pêche qu'il avait mise sur son assiette, Yves jeta sa serviette et s'en fut sur la terrasse. Dans le rocking-chair de Denise, Mlle Francette se balançait gravement, vêtue d'une courte robe de linon, bleue comme le ciel bleu. En voyant venir le jeune homme, elle bondit et se suspendit à son cou.

— Fais-moi « ladies go to market », dis, monsieur Loulou !

Elle ne parvenait pas à prononcer « monsieur Harteloup », comme sa mère, et, ainsi, elle avait refait à sa manière le nom de son ami. Yves la fit sauter sur son genou en fredonnant le refrain de la chanson anglaise ; puis il demanda, et sa voix sans timbre lui parut à lui-même bizarre :

— Dis, Fanchon, ta maman n'est pas malade ?

— Non, dit Francette, et elle secoua la tête de droite à gauche, de gauche à droite, comme un joujou chinois. Non.

— Où est-elle ?

— Elle est partie.
— Pour longtemps ?
— Ha, je ne sais pas, moi !
— Mais si, tu sais, voyons, rappelle-toi, insinua doucement Yves. Ta maman l'a dit devant toi, je parie... Et en t'embrassant, ce matin, avant de partir, elle n'a pas dit : « Au revoir, ma petite fille, sois bien sage, je reviendrai dans un... deux jours ?... Elle ne l'a pas dit ? »
— Non, dit Francette, elle n'a rien dit.
Elle ajouta après un moment de réflexion :
— Tu comprends, je faisais encore dodo, quand elle m'a embrassée ce matin avant de partir, a dit Miss.
Yves eut la tentation de questionner la nurse, mais il n'osa pas : il craignait d'éveiller des soupçons, bien gratuits, grand Dieu ! Il reposa la petite fille par terre et s'en alla.
Partie, mais où ? Pour combien de temps ? Et c'était là le plus absurde : il se rendait parfaitement compte que cette absence ne pouvait être de longue durée, puisque Francette était restée à Hendaye. Denise était peut-être à Biarritz pour des courses ? Mais alors, avec qui déjeunait-elle ? Des amis ? Quels amis ? Pour la première fois son esprit se mit à rôder, exaspéré, autour de cette région d'inconnu qui entourait Denise, comme tous les êtres, mais dont le mystère jusqu'alors ne l'avait pas fait souffrir. Peut-être était-ce un déjeuner en tête à tête ? Il imagina successivement tous les restaurants de Biarritz qu'il connaissait, depuis les palaces jusqu'aux auberges des environs, blotties dans la campagne. Une rage aveugle le prenait. Il employa toute sa force de volonté pour se calmer et demeura honteux, étourdi et tout

tremblant. Puis il se mit à marcher au hasard sur la plage. Peut-être des amis l'avaient-ils emmenée en excursion ? Oh, des amis de tout repos, des parents, peut-être… Elle ne lui en avait pas parlé, la veille, mais ils échangeaient si peu de mots, en général… Oui, ce devait être cela… Une excursion… quelques-unes sont très longues, deux, trois jours… Et si elle était allée en Espagne ou à Lourdes, elle resterait une semaine loin de Hendaye… loin de lui… Huit jours, huit matins, huit longs soirs… cela n'a l'air de rien, c'est affreux… Peut-être son mari l'avait-il rappelée brusquement à Londres ?… un accident, une maladie, qui sait ?… Elle ne reviendrait pas… La nurse mènerait Francette en Angleterre… Il s'affola, comme si on lui eût appris la mort de Denise. Il se jeta par terre. Le soleil tapait dur, il enfonça ses mains dans le sable pour atteindre les profondeurs humides d'eau de mer ; la fraîcheur brusque le fit frissonner ; il se leva.

Tout à coup il s'emporta, devint furieux, commença à se traiter de brute : « Elle est partie… et puis après ?… Je ne l'aime pas, n'est-ce pas ? je ne l'aime pas ? Alors quoi ?… ça m'est égal… je suis idiot, complètement idiot… »

Il le pensait avec véhémence, mais ses lèvres tremblantes répétaient machinalement la première phrase commencée : « Elle est partie… voilà… elle est partie… »

Alors, il rentra et se coucha ; longtemps il demeura sans bouger, la tête tournée contre le mur, comme quand il était petit et qu'il avait du chagrin.

À cinq heures, il sortit, parcourut la terrasse dans tous les sens, arpenta plusieurs fois le jardin ; puis, de guerre lasse, il se rendit au Casino, quoiqu'elle y allât rarement. Des jeunes gens, des jeunes filles, tête nue, dansaient sur l'estrade, bâtie sur pilotis, dans l'eau. L'éternel mouvement de la mer autour des piliers, le velum qui claquait au vent, évoquaient, avec ténacité, l'idée d'un bateau amarré dans un port, plein de craquements sonores et de parfums salins. Yves crut qu'il s'y plairait, commanda un cocktail, le laissa à demi plein et s'en fut.

La mer pâlissait au soleil de sept heures ; de tout petits nuages roses se recroquevillaient délicatement dans le ciel. Yves écouta la mer ; elle l'avait toujours consolé ; ce soir encore, il lui confierait son pauvre corps las.

Il se déshabilla et, lentement, se dirigea vers la Bidassoa. La digue, soigneusement entretenue pendant plusieurs mètres, était, plus bas, tout envahie par le sable léger ; il n'y avait plus de garde-fou ; des buissons singuliers, hérissés de piquants, s'agrippaient aux interstices des pierres. Puis la digue finissait tout à coup. Yves se laissa rouler jusqu'à la plage ; elle était en forme d'arc, étroite, rongée par l'eau ; à gauche, le golfe, à droite, la mer, et, les reliant, la Bidassoa, si calme qu'elle ne miroitait même pas et pâle, comme le reflet à peine vivant du ciel pâle. En face, l'Espagne.

Yves s'assit, les jambes repliées sous lui, le menton sur son poing fermé. La solitude était absolue. C'était étrange… Le fracas des vagues n'interrompait pas le merveilleux silence du soir. Une barque passa, glissant sur la rivière, d'un bord à l'autre, de France en Espagne, sans bruit ; une lumière d'un or plus fin, plus précieux que celle de midi, baignait les cimes des montagnes, mais les vallées, déjà, se remplissaient d'ombre. La colère d'Yves tomba tout d'un coup et une tristesse inexplicable l'envahit.

La nuit tombait rapidement ; la mer, dans le soir et la solitude, redevenait lointaine, pleine d'une majesté sauvage. Yves se sentait tout petit, perdu au milieu de l'immensité de la vieille terre. Il pensa à lui-même, à sa vie manquée. Il était misérable, il était seul, il était pauvre. Les jours seraient, désormais, pour lui, sans joie. Personne n'avait besoin de lui. La vie était lourde, lourde... Il avait envie de pleurer ; il retenait ses larmes par un dernier effort désespéré de pudeur masculine, mais elles lui serraient le cœur, elles montaient jusqu'à sa gorge, elles l'étouffaient.

Un crépuscule délicieux, teinté de bleu vague et de rose, enveloppait la campagne, s'assombrissait. Et des cloches sonnaient. En face, Fontarabie s'illuminait ; on voyait les fenêtres des maisons, les tramways éclairés, le dessin des rues ; seule, la grosse tour carrée de la vieille église demeurait sombre et sévère. Les cloches sonnaient lentement, comme fatiguées, découragées, tristes. Et, dans les montagnes, des fermes s'allumaient, une à une, comme des étoiles. La nuit était là.

Autour d'Yves une vie mystérieuse s'éveillait, des chuchotements, des rumeurs, un grouillement d'êtres animés, les insectes invisibles qui habitent le sable et qu'on n'entend que lorsque le soir vient. Yves écoutait, tout tremblant d'une peur inexplicable. Puis, brusquement, son chagrin trop lourd creva en larmes. Il mit sa tête dans ses mains, et il pleura — pour la première fois depuis bien longtemps — il pleura comme un enfant, sur lui-même.

— C'est vous ? dit une voix connue, un peu hésitante, vous allez prendre froid, il est si tard...

Yves leva la tête, écarquilla les yeux. Denise était là ; sa robe faisait une tache blanche dans la nuit. Elle continua légèrement :

— Il faut que je vous gronde... Vous n'avez pas plus de raison que ma fille... Est-ce qu'on se baigne à cette heure-ci ?

— Est-il si tard ? balbutia Yves.

Il s'était levé machinalement.

— Neuf heures passées.

— Oh ! vraiment... je... je ne savais pas... Non, vraiment, j'avais oublié...

— Mon Dieu, dit-elle vivement, qu'avez-vous, mon ami ?

Elle essayait d'apercevoir sa figure, mais l'obscurité était trop profonde. Pourtant cette voix mouillée de larmes, coupée de sanglots refoulés... D'instinct ses douces mains de maman qui savaient si bien consoler, apaiser, se tendirent vers lui. Il restait debout devant elle, tout tremblant, et baissait la tête ; il pleurait doucement, sans honte, il lui semblait qu'avec ses larmes s'écoulaient le fiel et le sang d'une très ancienne blessure ; avec une singulière volupté, il goûtait leur saveur oubliée de sel et d'eau sur ses lèvres.

Elle murmura de nouveau, la gorge serrée :

— Qu'est-ce qu'il y a ? Qu'est-ce qu'il y a donc ?

— Rien, dit-il, rien.

Tout à coup l'idée lui vint qu'elle avait troublé, peut-être, la pudeur d'un chagrin solitaire. Elle eut un mouvement pour se sauver ; il fut auprès d'elle d'un bond ; elle sentit sur son bras nu la main chaude d'Yves.

— Ne vous en allez pas, ne vous en allez pas, balbutia-t-il sans trop savoir ce qu'il disait, je vous en prie…

Puis, brusquement, avec une espèce de colère, il cria :

— Où étiez-vous donc toute la journée ?

Interdite, elle ne put que répondre docilement :

— À Biarritz.

Puis, avec une intuition étrangement pénétrante de ce qu'il avait dû souffrir, elle ajouta :

— Maman habite là-bas…

Un petit silence, passa entre eux. À la douteuse lumière des étoiles elle put voir son visage tourmenté, sa bouche méchante et tendre, ses yeux pleins de prière.

Elle entoura brusquement son cou de ses deux bras. Ils ne s'embrassèrent pas ; ils demeurèrent serrés l'un contre l'autre, bouleversés, le cœur battant, lourd d'une tristesse délicieuse.

Du geste machinal, éternel, il enfouit sa tête dans le creux de l'épaule qu'elle lui tendait, et elle lui caressa le front, silencieusement, avec une soudaine envie de pleurer.

Autour d'eux, la mer roulait son flot libre et sauvage ; le vent apportait d'Espagne un bruit affaibli de musique ; la vieille terre tressaillait, animée de la vie confuse, mystérieuse de la nuit.

Lentement, à regret, ils disjoignirent leurs bras. Il était en face d'elle, à demi nu ; ses yeux accoutumés à l'obscure clarté qui tombait du ciel distinguèrent vaguement son grand corps d'homme, à peine vêtu du maillot de bain. Elle l'avait vu ainsi plus de cent fois ; mais, ce soir-là, seulement, comme Ève, elle s'aperçut qu'il était nu. Alors, elle eut honte et peur, comme une jeune fille. Elle le repoussa légèrement et, escaladant la dune, disparut dans la nuit.

Il n'osait pas rentrer, ainsi dévêtu, à l'hôtel ; il se souvint qu'il avait couché bien des fois, enfant, sur la plage. Se roulant dans son peignoir, il se blottit dans un pli du sable, et il s'endormit d'un sommeil léger et fiévreux, coupé de songes, tout plein du chant et des parfums de la mer.

# 7

Ce soir-là, comme tous les soirs, Denise vint s'installer près du petit lit où dormait Francette. Un doigt dans sa bouche, Francette voyageait au pays du marchand de sable ; son petit cou, dans l'ombre douce, était marqué d'un pli de chair rose, profond comme un collier ; elle était toute pareille à un oiselet faible et chaud, blotti dans la tiédeur de ses plumes.

Denise se pencha pour mieux la regarder. Elle revoyait toujours, avec une netteté singulière, le temps où elle-même dormait dans de petits lits tout semblables à celui-ci. Mais, pour la première fois, elle s'émerveilla de la longueur du chemin parcouru ; il avait semblé si bref à cause de sa monotonie, de sa facile douceur. Pourtant, c'était déjà l'été de la vie qui commençait pour elle… Elle posa sur l'oreiller, parmi les cheveux ébouriffés de Francette, sa propre tête court bouclée, et, fermant les yeux, elle commença à se souvenir… L'enfance, pleine de journées claires, de vacances heureuses, les petits chagrins puérils dont la mémoire devient, avec les années, Dieu sait comment, plus précieuse que celle des joies... L'adolescence, assombrie, anoblie aussi par l'ombre de la grande guerre... les fiançailles... le mariage, véritable mariage français d'inclination et de raison, la maternité, — une belle et bonne vie, bien ordonnée, certes... Et pourtant, ce soir, elle se sentait inassouvie, déçue, avec un pauvre cœur mal apaisé...

Elle se leva, alla vers la fenêtre, monta sur l'étroit balcon de bois planté de fleurs ; elles sentaient bon, une odeur amère et fraîche. La nuit d'été brillait doucement... Là-bas, c'était la petite plage déserte, rongée par la mer, où Yves l'avait attendue, appelée... Cette heure rapide et délicieuse avait tellement ressemblé à un rêve qu'elle se demandait, à présent, si elle l'avait vraiment vécue ; une impression singulière d'irréel lui était restée. Et puis, peu à peu, cela changea... À mesure qu'elle demeurait là, dans l'ombre et les parfums de la nuit, la minute présente s'estompait, au contraire, devenait indécise, comme un songe, tandis que le souvenir s'amplifiait, grandissait, montait dans son cœur et dans sa chair, comme un flot. Ses mains, machinalement, se tendaient comme si elles cherchaient à modeler le contour du corps étreint, du visage caressé ; elles semblaient sculpter dans le vide, tâtonnantes, mais sûres, comme des mains d'artiste aveugle. Et, brusquement, elle tressaillit toute : sous ses doigts, il lui avait paru sentir le relief de cette bouche renflée et fine. Elle serra les dents : ce qu'elle ressentait, c'était presque de la terreur, et cela faisait si mal et si bon en même temps qu'elle murmura à haute voix, comme si elle appelait un passant par son nom :

— L'amour ?

Plus tard, quand, dans la chambre voisine de celle de Francette, Denise fut couchée dans le lit où son mari avait dormi, quand elle chercha machinalement sous les draps la forme familière du grand corps étendu, alors seulement elle se souvint de lui, du tendre compagnon confiant. Elle en eut tellement pitié que des larmes lui vinrent aux paupières ; elle l'aimait bien ; quand il était là, elle s'ennuyait et pensait volontiers à autre chose, mais elle s'ingéniait à lui rendre la vie agréable, à répondre à son amour par beaucoup de douceur, de compréhension délicate. Elle l'avait trompé, en somme. Elle ne s'inventa pas d'excuses. Elle savait bien qu'elle l'avait volé. L'amour… une brève aventure, plutôt, où elle laisserait son cœur, elle, mais où l'autre n'intéresserait que sa vanité, ou son désir. Elle ne voulait pas de la facile poésie d'un roman d'été. Elle savait bien… Comme tous les hommes, il lui ferait la cour vingt-quatre heures, et puis, le soir, il viendrait frapper à sa porte, et cela durerait ainsi trois semaines ou un peu plus, ou un peu moins, et puis ils se sépareraient, comme des étrangers. Elle ne voulait pas. Elle imagina d'avance, le lendemain, dans les yeux d'Yves, ce regard pesant qu'elle connaissait pour l'avoir vu plus d'une fois aux hommes qui l'avaient trouvée à leur goût ; jusque-là elle en avait ri, seulement… À présent… Elle se mit à pleurer, le cœur plein d'une tendre pitié, immense et indéfinie, pitié d'elle-même, de son mari seul à l'étranger, malade, peut-être, mais, surtout, pitié d'Yves, de la souffrance possible de son amour déçu.

Elle se proposait d'être avec lui, le lendemain quand elle

le reverrait, d'une froideur distante. Mais, toute la matinée, il joua, sur le sable, avec Francette ; il levait à peine les paupières, quand il lui parlait ; il semblait plus gêné qu'elle-même ; cela la désarma ; le soir, quand il lui offrit une promenade, avant le dîner, elle le suivit, le cœur battant, mais prête à repousser les paroles d'amour qu'il ne manquerait pas de lui dire. Seulement, il ne lui dit rien. Sur la mer le soleil se couchait, parmi des nuages échevelés, couleur d'orage. C'était l'heure de la marée haute ; les vagues s'acharnaient contre la digue, roulaient, blanches et grises, et les oiseaux tournoyaient avec des cris tristes. Il lui parla, comme avant, de choses indifférentes ; ils étaient assis sur le parapet ; la nuit venait rapidement ; de larges gouttes de pluie se mirent à tomber ; il lui saisit le bras pour l'aider à courir vers la maison ; un instant, elle crut qu'il tremblait un peu, mais il se calma vite. La pluie dégringolait en torrents furieux ; un vent aigre s'était levé ; il tordait les tamaris, brisait les fleurs ; Yves jeta son manteau sur les épaules de Denise ; ils couraient, comme des fous, sous l'averse ; il la tenait serrée contre lui ; elle sentait sur sa taille l'étreinte dure de ses doigts crispés, mais il se taisait obstinément, serrait les dents, ne la regardait pas, tandis qu'elle attachait sur lui, à la dérobée, ses yeux soumis et craintifs.

# 8

Les journées s'écoulaient, et il ne lui disait rien ; il ne tentait pas de l'embrasser ; il ne se permettait même pas de garder entre les siennes, plus longtemps qu'il ne fallait, ses tremblantes mains fraîches. Il était trop heureux ; avec une espèce de frayeur superstitieuse, il craignait les paroles comme un maléfice. Il savourait cet instant de sa vie, comme une friandise ; c'était un beau cadeau imprévu que le sort lui faisait, — le repos, le loisir, la mer, cette femme charmante. Sa présence seule lui était indispensable pour le moment ; sa longue chasteté, au lieu de lui peser, lui était précieuse comme une enfance retrouvée ; son désir d'elle lui causait une de ces souffrances exquises que l'on se plaît à faire durer, comme, au cœur de l'été, quand on a soif, on s'amuse à tenir longtemps sous ses lèvres, sans le boire, le verre d'eau glacée, embué de petites perles fraîches. Il avait assez vécu et senti pour reconnaître la valeur de son émoi ; il le cultivait égoïstement, jalousement, comme une fleur rare. C'était étrange, mais il avait avec elle une impression de sécurité absolue… les regards des hommes, le matin, sur la plage, ou le soir, quand elle apparaissait dans le hall de l'hôtel, en robe décolletée, des diamants au cou, le laissaient profondément calme : il était sûr d'elle ; il la devinait conquise, soumise, apaisée par sa feinte indifférence, et, cependant, plus liée par tout l'inexprimable qu'il y avait entre eux que par les protestations les plus ferventes d'amour. Il attendait sans calcul réel, mais par une espèce de paresse innée qui était en lui, et qui le servait, en cette occurrence, mieux que des actes ou des mots.

Cependant, l'été finissait ; le temps s'était gâté ; les villas se fermaient les unes après les autres ; le matin, la plage s'étendait complètement déserte, sous un ciel blanc voilé d'ondées brusques. Les promenades remplacèrent les longues siestes sur le sable chaud. Avec Yves, Denise parcourut le pays basque, les petits sentiers tourmentés au flanc des Pyrénées, les forêts que l'automne commençait à dorer, les villages calmes où le soir vient plus vite qu'ailleurs, à cause des hautes montagnes qui les emplissent d'ombre dès que le soleil descend. Un jour, heureux comme un gamin, il ramassa des mûres pour Francette, dans un petit bois, au bord de la Nivelle, tandis qu'elle trempait ses mains et ses bras nus dans l'eau ; ils avaient tout le temps l'impression merveilleuse de rajeunir, de retourner vers une espèce d'innocence oubliée.

Vers la fin de septembre, il y eut encore quelques belles journées ; Yves proposa à Denise d'aller voir la procession de Fontarabie ; c'est une cérémonie vénérable que les Français applaudissent autant que les Espagnols. À Fontarabie, on tirait des coups de canon, des coups de fusil ; il y avait de la poussière, du bruit, des musiques ; des bandes de gamins, le béret sur l'oreille, se tenant par la taille, barraient les étroites ruelles, chantaient et hurlaient à tue-tête ; des cavaliers arrivaient de tous les côtés au grand galop ; leurs chevaux hennissaient, affolés par le tapage et l'odeur de la poudre ; des berlines attelées de mules, couvertes de pompons et de clochettes, ébranlaient le pavé pointu ; l'équipage tout entier se cabrait quand passaient les énormes autos ; tout Biarritz, tout Saint-Sébastien et toute la province espagnole, depuis Irun jusqu'à Pampelune, étaient là. Des marmots barbouillés se battaient avec des injures incompréhensibles en un patois mâtiné de basque et de castillan ; de belles filles en cheveux se promenaient, le mouchoir brodé sur les épaules ; celles qui venaient de l'intérieur des terres arboraient le chignon haut et le peigne piqué d'une fleur ; quelques vieilles femmes portaient encore la mantille noire ; tout cela riait, criait, chantait, se querellait, se bousculait autour de la fontaine et des baraques en plein vent, où des marchandes débitaient de la limonade, du sirop, vendaient des oranges, des gâteaux ronds enfarinés, des crécelles, des ballons et des éventails. Le flot humain encombrait l'étroite rue. Denise s'amusait à regarder les boutiques avec leur étalage de chapelets, de crucifix, de médailles bénites. Les antiques maisons aux toits en saillie se rejoignaient presque au-dessus de la chaussée ; les balcons étaient ornés de châles, de couvertures brodées, de nappes garnies de dentelles. Dans la vieille église noire et or, les cloches sonnaient à toute volée. Yves installa Denise à la terrasse d'un petit café et lui offrit du chocolat à la cannelle et du xérès ; le chocolat trop épais et trop sucré lui déplut, mais elle but deux ou trois petits verres du xérès qui était excellent ; ses joues étaient chaudes, ses yeux brillaient ; elle enleva son chapeau, le soleil traversait ses cheveux, les faisait paraître légers et bleus, comme des anneaux de fumée. Ils s'accoudèrent à la balustrade pour regarder passer la procession ; elle était interminable, avec des drapeaux, de vieux canons rouillés, des hommes ivres qui se cramponnaient à leurs fusils avec des mains tremblantes. Enfin des prêtres en chasuble brodée parurent, tenant devant eux une grande image de la Vierge, entourée de cierges allumés ; la foule s'agenouillait sur son passage, et, dans le silence subit, les cloches battaient plus follement, faisant vibrer, semblait-il, jusqu'aux antiques murs noircis.

Puis ils s'en allèrent tous vers l'église ; la place commença à se vider peu à peu ; sur la terrasse, bientôt, il ne resta plus que Denise et Yves et un groupe de paysans espagnols qui buvaient dans un coin. Le crépuscule tombait, tout rose, et les montagnes semblaient se rapprocher, pleines d'une mystérieuse ombre fraîche. Denise se taisait, un peu ivre, les yeux obstinément fixés sur le diamant qui brillait à son doigt ; le vent du soir se levait, faisant voler ses boucles.

Elle dit tout à coup :

— Mon mari revient ces jours-ci.

Puis, tout de suite interdite, troublée, honteuse de son mensonge, elle rougit. Mais il ne s'en aperçut pas. Il questionna anxieusement :

— Bientôt ?

Elle esquissa un geste vague qui la dispensait de répondre.

Elle vit, avec un émoi extraordinaire, que les lèvres d'Yves tremblaient légèrement.

Il murmura :

— Il vient vous chercher ?

Puis, tout de suite, comme pour lui-même, il ajouta :

— Elles sont finies, les belles vacances… Je l'avais oublié… C'est dans deux jours le 1er octobre… Dans deux jours, je serai à Paris.

— Dans deux jours, s'écria-t-elle.

Il lui semblait que son cœur s'arrêtait de battre ; cependant, elle se traitait de folle : est-ce qu'elle n'avait pas ouvert un calendrier depuis un mois ? Est-ce qu'elle n'avait pas vu venir l'automne ? Et puis, enfin, qu'est-ce que ça pouvait bien lui faire, le départ de cet étranger, de cet inconnu ?

— Denise, appela-t-il doucement.

Elle n'osait pas répondre, suffoquée. Il avait pris sa main qui traînait sur la table ; il y posa son front chaud.

— Denise, murmura-t-il de nouveau, simplement.

Puis elle entendit sa voix étranglée :

— Je ne veux pas vous quitter. Je ne peux plus vivre sans vous.

Alors, oubliant qu'il fallait se refuser, se défendre, se faire désirer, elle dit tout de suite, tandis que de grosses larmes involontaires coulaient le long de ses joues :

— Moi non plus, je ne peux pas vivre sans vous.

# 9

Ce soir, elle l'attendait. Elle n'avait pas allumé l'électricité ; elle était assise sur son lit, les mains jointes entre ses genoux serrés. Il l'avait suppliée de dîner avec lui, à Fontarabie ou aux environs, dans une de ces petites auberges aux murs blanchis à la chaux, qui se blottissent au flanc des montagnes et qui prennent, la nuit, un air farouche de repaire de bandits ; on y trouve, pourtant, du merveilleux vin d'Espagne, du raisin et des chambres propres et fraîches, avec des lits abrités sous la moustiquaire de mousseline et un plancher de bois tiédi par le soleil du jour et doux aux pieds nus. Elle avait refusé à cause de Francette, et, tout de suite, il avait consenti à la ramener à Hendaye, sans une minute de mauvaise humeur.

Oh ! le retour en barque, sur la Bidassoa, que le soir glaçait de reflets roses !... Le vieux marin tanné, un anneau d'or à l'oreille gauche, feignait de dormir sur ses avirons ; le vent avait une odeur et un goût de sel. Quand ils étaient arrivés à Hendaye, la nuit était là et d'énormes étoiles s'allumaient ; ils n'avaient pas vu venir l'ombre, lèvres jointes, yeux clos, serrés l'un contre l'autre, tandis que le bateau glissait doucement, sans bruit, sur l'eau noire...

Denise prit sa tête entre ses deux mains qui tremblaient. Dans la chambre voisine, une petite voix appela : « Maman. » À regret, Denise se leva, alla vers sa fille. Francette ne dormait pas ; ses yeux brillaient ; elle tendait les bras à sa mère.

— Petite mère, tu m'as rapporté quelque chose de là-bas ?

Toujours, que ce fût d'une excursion ou d'un bal, Denise avait quelque brimborion pour sa fille ; mais, aujourd'hui, elle l'avait oubliée. Un instant embarrassée, elle se remit vite.

— Bien sûr, dit-elle avec assurance, je t'ai rapporté l'odeur de la fête. J'ai failli la perdre en route mais non, elle est toujours là. Tu la sens ?

Gravement, elle se pencha vers Francette, lui donnant sa joue à respirer. Francette aspira de toutes ses forces, convaincue par l'air sérieux de sa mère.

— Ça sent très bon, déclara-t-elle.

Puis elle demanda :

— Petite mère, quand je serai grande, est-ce que j'irai aussi à la fête ?

— Certainement, mon petit trésor.

— Est-ce que je serai grande, bientôt, dis ?

— Très bientôt, si tu es sage.

Denise, attendrie, posa ses lèvres sur la petite main confiante qui tenait un de ses doigts. Elle était heureuse de n'éprouver ni la honte, ni le remords qu'elle avait craints en face de cette innocente qui s'endormait de si bon cœur. Certes, « très bientôt », elle serait grande, Francette. Elle attendrait, elle aussi, dans la nuit, le Maître.

Si elle avait eu un fils, Denise aurait été, peut-être, plus troublée et plus confuse. Mais cette future petite femme, avec ses lèvres qui deviendraient parfumées et pleines de baisers, avec ce petit corps préparé pour l'amour, elle ne parvenait pas à réaliser devant elle l'importance de sa faute. Elle l'embrassa, la borda, lui remonta la couverture jusqu'au menton et s'en alla, en refermant doucement la porte.

Dans sa chambre, de nouveau, elle s'assit sur le lit défait et attendit, la nuque ployée, les mains tendues, soumise, guettant le pas impérieux de l'homme.

# 10

Il l'avait quittée au petit jour. Elle dormait, la tête enfouie dans le creux de son bras replié. C'était tout juste s'il n'avait pas eu l'impression de posséder une jeune fille, tellement elle semblait malhabile, ignorante, avec une manière délicieuse de surmonter sa pudeur en se donnant, qui était presque celle d'une vierge ; il avait bien compris que, malgré le mariage et la maternité, elle n'était pas encore réellement femme.

Elle s'attardait à sa toilette, un peu plus tard, lorsqu'une dépêche fut glissée sous sa porte. Elle la saisit, l'ouvrit, lut :

*Serai 3 octobre Hendaye. Santé bonne. Embrasse.*

JACQUES.

Elle baissa la tête, avec un peu — si peu ! — de remords. Puis, tout de suite, elle commença à penser, à combiner des dates… Yves retarderait son départ de deux jours. Elle forcerait son mari à retourner sur-le-champ à Paris avec elle ; il faisait frais, d'ailleurs, et Francette devenait nerveuse, à cause de son séjour prolongé au bord de la mer. Elle serait à Paris le 4, le 5, au plus tard. Toute sa vie serait changée, quel bonheur ! Finies, les longues journées qu'on tuait à petits coups de visites, d'essayages, finies les interminables heures de désœuvrement et cette impression de vide, d'ennui qui empoisonnait sa vie de femme heureuse. Il faudrait dénicher un tout petit appartement discret ; elle savait qu'Yves avait une garçonnière, mais ce serait tellement plus amusant, deux jolies pièces, où tous les bibelots seraient choisis par eux, qu'elle remplirait de fleurs... Et les longues promenades à travers Paris ! Elle savait qu'il aimait autant qu'elle-même les vieilles rues, les vieilles maisons ; elle imagina comme il ferait bon, le soir, quand dans le crépuscule s'allument les petites lanternes sur les péniches, au fil de la Seine, de flâner le long des quais, émouvants d'ombre et de solitude. Elle se rappelait, émue, certains petits bistrots, au bord de l'eau calme, qu'elle avait regardés curieusement en revenant en auto d'une visite sur la rive gauche. Personne ne les découvrirait là ; ils achèteraient des marrons au marchand du coin ; ils entreraient chez les antiquaires ; ils y trouveraient pour *leur* « chez-eux » de petits souvenirs absurdes, coûteux et charmants, des livres, — ils aimaient tous les deux les vieilles reliures, les pages jaunies piquées de vers. D'autres fois il la mènerait à la campagne dans les bois argentés de Fontainebleau et, quand le printemps viendrait, elle s'arrangerait pour aller dîner avec lui, dans la banlieue, sous une tonnelle, au bord d'un étang où crieraient les grenouilles. Car l'idée ne l'effleurait même pas que leur amour pût finir avant le retour du printemps : elle était de la race de celles qui ne comprennent pas l'amour autrement qu'éternel. Elle s'était donnée d'un seul élan et, tout entière, elle attendait tout naturellement, en échange, un don entier de soi, avec une confiance naïve, incommensurable, comme une enfant qu'elle était encore. Elle froissa la dépêche de son mari, la jeta machinalement sur la table et acheva de s'habiller ; une grande émotion douce emplissait son cœur, la conviction profonde d'avoir accompli un acte qui la liait à Yves pour toujours, quelque chose de semblable, en un mot, au dévouement fervent d'une épouse.

La journée s'écoula étrangement vite ; il y avait du vent, de la pluie et des éclaircies brusques qui faisaient flamboyer la mer comme une immense plaque d'argent. Sans souci de la boue qui recouvrait les chemins, Denise et Yves parcoururent le pays pour la dernière fois. Les arbres, tourmentés par la tempête, perdaient leurs feuilles ; dans cette contrée, où le temps varie à toute heure avec une rapidité inouïe, une nuit pluvieuse avait suffi pour changer le paysage ensoleillé de la veille en un tableau désolé d'automne. Des attelages de bœufs passaient. De grands oiseaux venus de la mer se poursuivaient jusqu'à l'intérieur des terres, rasant presque le sol avec un sifflement d'ailes. Yves et Denise descendirent jusqu'au vieux port ; ses marches de pierre rose, frottées par la mer depuis tant d'années, étaient douces et polies comme du marbre ; les antiques remparts de la ville, les barques, la petite maison de Pierre Loti avec son jardin touffu et ses volets verts déteints, se dédoublaient dans l'eau en reflets mouvants. Yves tenait Denise serrée contre lui ; son visage, habituellement las, un peu triste, semblait rajeuni par une expression de tendresse fervente.

Ce fut alors que Denise le pria de rester encore deux jours à Hendaye avec elle ; dans sa voix, il y avait une inflexion de certitude : elle était tellement sûre de sa réponse. Mais, à son grand étonnement, Yves, devenu tout à coup soucieux, la regarda avec surprise et dit :

— Mais, Denise, c'est après-demain le 1er octobre… Mon congé finit le 1er octobre… Après-demain, je dois être à Paris…

— On vous attend ?

— C'est mon bureau qui m'attend, hélas !…

— Bah, deux jours de plus, deux jours de moins, qu'est-ce que ça fait ?

— Ça fait que je peux perdre ma place, expliqua-t-il doucement.

Interdite, elle se tut. Elle n'avait jamais pensé à lui demander ce qu'il faisait. Son mari lui avait dit qu'Yves était riche ; elle croyait vaguement qu'il s'occupait d'affaires, comme lui et comme la plupart des hommes de son monde, de ces affaires où les femmes comme elle ne comprennent rien, sinon qu'elles se traduisent en chiffres, en millions le plus souvent. Enfant gâtée, fille unique d'industriels fortunés, petite épouse choyée d'un mari qui gagnait beaucoup d'argent, certains côtés de la vie matérielle lui restaient forcément étrangers. Elle comprit qu'Yves n'était guère plus qu'un employé, et l'idée de dépendance, attachée à ces besognes de bureau, la choqua et la peina. Il était donc pauvre ? Mais alors, comment vivait-il à Hendaye, où il devait dépenser au moins cent francs par jour ? Elle ne comprenait pas bien… Il est vrai que cette manière d'exister en se refusant le nécessaire pour le superflu en aurait étonné d'autres qu'elle. Mais, au visage soudainement durci de son amant, elle devina qu'il ne fallait pas insister. Il était assis sur les marches du port. Elle se contenta de lui poser la main sur le front. Elle courbait doucement la tête rebelle qui finit par ployer docilement jusqu'à sa taille ; alors, elle la pressa contre elle.

— Yves !

Puis elle murmura :

— Tu partiras quand tu voudras… Nous avons encore une longue journée à passer ensemble, mon amour…

— Pas si longue, Denise… Je partirai demain à sept heures du matin.

— Ah, pour le coup, vous devenez fou, se récria-t-elle en riant. À quoi bon vous fatiguer inutilement, grand Dieu, quand vous avez un train excellent à sept heures du soir, qui vous dépose à Paris, après-demain, juste à l'heure de votre bureau ?

— Il ne contient que des sleepings, et je voyagerai en secondes… J'ai vécu en grand seigneur pendant mes vacances ; à présent, il faut que j'économise un peu…

Et il ajouta, avec une espèce de gaucherie fière :

— Ce n'est pas ma faute, Denise, si je suis un nouveau pauvre… Il ne faut pas m'en vouloir…

— Oh, Yves, protesta-t-elle.

Puis elle dit timidement :

— Il me semble que vous m'êtes encore plus cher depuis que je sais que vous n'êtes pas heureux...

Il sourit :

— Je suis très heureux, Denise ; mais ne m'enlevez jamais mon bonheur, ma chérie, car maintenant, si vous me quittiez, je crois que je ne pourrai plus vivre, comme avant, tout seul.

Et il répéta de nouveau, avec ce sourire qu'il avait si doux et qui transfigurait ses traits durs :

— Je suis très heureux.

Longuement, il colla ses lèvres sur la petite main qu'il tenait dans la sienne.

— Quand serez-vous rentrée, Denise ?

— Le 5, le 6...

— Si tard ?

— C'est que nous rentrons en auto, expliqua-t-elle, et elle ressentit tout à coup comme une espèce de gêne de son luxe, de sa richesse, de la belle Hispano qui la ramènerait à Paris, tandis qu'Yves serait cahoté dans un compartiment de seconde.

Mais il se contenta de dire :

— C'est un beau voyage... Je l'ai souvent fait dans le temps... Mais les routes sont mauvaises, surtout jusqu'à Bordeaux... Prenez garde... N'allez pas trop vite... Je serai horriblement inquiet...

# 11

Paris, les arbres perdaient des feuilles jaunes qui pourrissaient dans la boue grasse des trottoirs. Le mouvement, le bruit étaient extraordinaires : le Salon de l'Automobile rabattait, comme chaque automne, toute la province vers la capitale.

Toutes les années, Denise, en véritable petite Parisienne qu'elle était, retrouvait, avec une émotion profonde, absurde et douce, le brouillard léger, l'odeur d'électricité et d'essence, le ciel vaporeux d'un gris *distingué* au-dessus des hautes maisons, le tapage des rues, et, vers le soir, le torrent de lumières qui coule le long des Champs-Élysées vers l'Étoile. D'habitude, à peine arrivée, le bain pris, les ordres donnés aux domestiques, elle sortait pour une longue promenade. Elle rentrait rosée par le grand air, avec une provision de fleurs, des chrysanthèmes, des dahlias aux couleurs violentes et qui sentent une odeur de terre et de champignons. Alors, elle arrangeait l'appartement, mettait des fleurs dans tous les vases, tripotait et déplaçait les bibelots, les tableaux, les coussins jusqu'à ce qu'elle parvînt à rendre à la maison, que trois mois d'abandon avaient fait impersonnelle et froide, son ancienne chaleur et son charme familier.

Cette année-ci, son plaisir, en revoyant Paris, avait eu quelque chose d'aigu, de douloureux comme une volupté. Elle avait failli crier de joie en apercevant Neuilly, et, lorsque l'Arc de triomphe était apparu à l'horizon, ses yeux s'étaient remplis de larmes. Mais, quand elle fut rentrée, elle n'eut pas un coup d'œil vers l'appartement. Elle se baigna, passa une robe d'intérieur, refusa les vêtements de ville que lui présentait la femme de chambre et s'installa dans le petit salon, les yeux fixés sur la pendule, attendant le départ de Jessaint. Il ne tarda pas. Alors, elle se fit apporter le téléphone, ferma soigneusement la porte et demanda, d'une voix un peu tremblante, le numéro du bureau d'Yves.

— Allô, fit une voix lasse.

— Bonjour, Yves ; c'est moi, Denise…

Un petit silence, puis la même voix à peine changée :

— Vous, ma chère amie… Vous avez fait un bon voyage ?

Elle sentit une présence étrangère auprès de lui. Elle se hâta de dire quelques phrases banales. Puis, elle demanda anxieusement :

— Je vous verrai aujourd'hui, n'est-ce pas ?

— Certainement, avec grand plaisir… Je suis libre à six heures et demie.

— Impossible avant ?

— Tout à fait impossible.

Elle savait bien qu'il ne pouvait pas parler autrement : il

n'était pas seul ; elle entendait le bourdonnement lointain d'une conversation ; cependant, cette froideur d'Yves la glaçait, la peinait.

— Alors, à six heures et demie, consentit-elle. Voulez-vous que nous nous rencontrions près de votre bureau ?

— Oui.

Il ajouta vite et bas :

— Square de l'Opéra. Il y a un petit bar tranquille, où il ne vient jamais personne. Le porto y est excellent. C'est en face de mon bureau. Voulez-vous là-bas ?

— Je veux bien.

— Entendu alors, à tout à l'heure.

Elle entendit la petite sonnerie brève qui coupait leur conversation. Elle raccrocha le récepteur lentement, le cœur subitement alourdi, avec un sentiment de déception et d'inquiétude inexplicable. Est-ce qu'il l'aimait ? Son espoir était si intense qu'elle voulut le prendre pour de la certitude. Et puis, elle-même l'aimait tant, hélas !...

Il était quatre heures. Elle commença de s'habiller, longuement, soigneusement, avec une minutie nouvelle, et cette manière de scruter indéfiniment son visage, son corps dans la glace, qui suffirait seule à révéler l'amoureuse. Mais elle fut quand même prête avant l'heure. Elle prit un livre, le feuilleta sans le lire, le rejeta ; puis elle recommença à lisser ses boucles rebelles, changea de chapeau. Enfin, à six heures, elle sortit.

Quand elle arriva au lieu du rendez-vous, il était six heures et demie passées, à cause de l'encombrement des rues de Paris ; mais Yves n'était pas encore là. Elle s'assit à une petite table, dissimulée dans un coin. C'était un bar anglais, minuscule, brillant de propreté, avec un air « respectable » et sérieux ; il était à peu près vide ; un seul couple à une table voisine se regardait, les yeux dans les yeux, en fumant silencieusement.

Denise commanda un porto et attendit. Elle se sentait gênée, nerveuse ; elle rougit furieusement quand le barman lui apporta des journaux illustrés ; il avait, en l'observant discrètement, un air blasé, et attendri, comme s'il pensait : « Une de plus ».

Enfin Yves parut. Il lui sembla que son cœur sautait dans sa poitrine. Elle murmura d'une pauvre petite voix sans timbre :

— Vous allez bien, mon ami ?

— Denise, dit-il seulement. Mais il paraissait bouleversé ; il lui baisa la main avec ferveur. Enfin vous voilà.

Elle sourit.

— Vous êtes content ? vous paraissiez si froid tout à l'heure, au téléphone ?

— Comment, dit-il surpris, vous n'avez pas compris qu'il y avait du monde ?

— Si, mais…

Il s'était assis ; il commença à la questionner sur son voyage, sa santé, une expression de tendresse et de bonheur au fond de ses yeux. Mais elle le regardait à la dérobée avec tristesse ; il paraissait las, vieilli, les paupières cernées, la bouche amère ; il lui manquait quelque chose d'indéfinissable, cet air de fraîcheur, d'élégance, que les hommes perdent dès qu'ils ne peuvent pas avoir d'eux-mêmes un souci de tous les instants ; elle se rappela son apparence soignée de jeune Anglo-Saxon, à Hendaye, lorsqu'il descendait pour le dîner, baigné, rasé de frais, la taille bien prise dans le smoking.

Cependant, il demandait :

— Voulez-vous venir chez moi ?

— Je voudrais bien, mais je dois être rentrée à sept heures… Mon mari est toujours à la maison à cette heure-là…

— Ah ! tant pis, dit-il contrarié.

— Votre bureau finit tous les jours aussi tard, Yves ? questionna-t-elle.

Il eut un geste las.

— Oh, je m'arrangerai bien… mais c'est difficile…

Puis, avec une gaieté un peu voulue, il ajouta :

— Seulement demain, Denise, je suis libre, complètement libre… C'est samedi, semaine anglaise… Vous viendrez, n'est-ce pas, mon chéri ?

— Oh, comment pouvez-vous le demander ? Bien sûr…

Cependant la pendule marquait sept heures moins cinq. Yves fit avancer un taxi. Dans la voiture, il saisit Denise, la serra follement dans ses bras.

— Mon petit corps chéri…

Elle s'abandonnait, très pâle, les yeux fermés. Il meurtrissait sa joue, son cou, la chair tendre des poignets de baisers furieux… Puis il fit arrêter le chauffeur devant un magasin de fleuriste et descendit ; elle l'attendit un moment. Il revint, en rapportant une seule orchidée, enveloppée dans du papier de soie, comme un bijou, une coûteuse merveille aux pétales tourmentés, au cornet de velours d'un rouge sombre, ardent de feu.

— Oh ! qu'elle est belle ! s'exclama Denise, extasiée.

— Elle vous plaît, vraiment ? demanda Yves. J'aime ces fleurs, mais je préfère les roses. Seulement, il n'y en avait plus. Alors, j'ai pris celle-ci. Il y a des femmes qui ressemblent à ces fleurs, n'est-ce pas ? ajouta-t-il en souriant. Elles l'assurent, du moins. Pas vous, heureusement. Vous êtes si fraîche et si simple. Vous ressemblez à une rose, je vous assure, Denise, à une de ces roses délicieuses, comme il en pousse dans les jardins d'Angleterre, avec des pétales délicats, couleur chair et un cœur plus foncé, et leur parfum ressemble aussi au vôtre, je vous assure, ma chérie.

Denise avait enfoui sa tête dans le creux de l'épaule d'Yves, et elle l'écoutait parler, éblouie, les yeux fermés, buvant ses paroles, comme une enfant à qui on raconte une histoire de fées. Il se tut ; il se mit à la bercer tout doucement. Alors, elle murmura, tout son cœur offert, épanoui : « Je t'aime. » Elle attendait de tout son instinct de femme, comme un écho, l'éternel « je t'aime », deviné plutôt qu'entendu. Mais il ne dit rien. Il se contenta de la presser un peu plus fort contre lui.

# 12

Elle appréhendait un peu de venir chez lui : elle craignait qu'il habitât un meublé quelconque, où elle se sentirait mal à l'aise. Elle fut délicieusement surprise en entrant dans l'appartement qu'il avait réussi à conserver depuis 1912, où l'on devinait que chaque objet avait été choisi avec amour, avec ses meubles confortables, achetés en Angleterre, avant la guerre, sa grande cheminée, où brillait un bon feu de bois ; la petite table était dressée dans la chambre à coucher ; il y avait des fruits dans une merveilleuse jatte en cristal de Bohême, du vin dans un vieux petit carafon d'argent, et le tout était éclairé par deux lampes à abat-jour rose, montées sur deux candélabres anciens, en vermeil, d'un minutieux travail.

Yves paraissait vraiment à sa place, parmi toutes ces choses belles et coûteuses ; elle s'émerveillait à part elle des brusques changements de son visage. Hier, il était vieux, terne, presque laid ; aujourd'hui, il était beau et jeune.

Elle fit la connaissance de Pierrot, le loulou blanc qui ressemblait à un mouton frisé de bergerie et qui portait au cou des rubans rose tendre. Puis il lui montra ses bibelots préférés, une petite collection qu'il avait gardée de flacons de parfums. Il la força à en accepter un ; il était du temps d'Élisabeth d'Angleterre ; il portait les armes de cette princesse, ciselées en argent noirci sur un verre bleu foncé qui brillait à la lumière, comme une pierre précieuse.

— Je vous en prie, prenez-le, supplia-t-il, comme elle faisait mine de refuser : si vous saviez quel plaisir c'est pour moi, trop rare, hélas, de faire des présents... Je vous en prie...

Puis il montra les portraits de ses parents ; il lui parla de son père, raconta quelques-unes de ses aventures, notamment, celle où, amoureux d'une artiste russe, il avait quitté pour la suivre sa femme et son fils ; il avait vécu avec elle, pendant un an, près de Nice, dans la villa « Sniegourotchka », où, comme elle était très blonde et qu'elle adorait le blanc, toutes les pièces étaient blanches, ornées de marbre, d'albâtre, de cristal, le parc planté exclusivement de fleurs blanches, tubéreuses, camélias, roses couleur de neige et peuplé de paons blancs, tandis que sur les trois lacs voguaient de merveilleux cygnes. Elle était morte là-bas ; alors, il était revenu à sa femme.

— Elle lui a pardonné, cette fois encore, comme tant d'autres fois, acheva Yves. Elle pardonnait toujours : ses trahisons ressemblaient à des œuvres d'art... On ne pouvait pas lui en vouloir... Et puis il était irrésistible... Il avait la fascination des êtres trop aimés. Il est vrai que, quand il était amoureux, il se donnait tout entier, et, chaque fois, pour toujours… Nous ne savons plus aimer ainsi, nous autres…

Il était assis aux pieds de Denise, serré contre ses genoux, devant la cheminée ; il regardait le feu, fixement.

— Pourquoi ? demanda Denise.

Il eut un geste vague.

— Ah, pourquoi ? je ne sais pas… D'abord, la vie à présent est trop dure… Les forces qu'avant on dépensait sans compter dans la passion, dans l'amour, ces forces sont usées par les mille tracas quotidiens, abêtissants, mortels… Pour aimer comme eux, il faut le loisir, la richesse… et puis, ils étaient si heureux… leur vie était calme, assurée, large, riante… ils avaient besoin d'émotions, nous n'avons besoin que de repos. Et puis, enfin, l'amour veut peut-être, plus qu'on ne le dit, des palais de marbre, des paons blancs et des cygnes.

Elle se pencha vers lui, le prit par les épaules.

— Yves, est-ce que vous m'aimez ? demanda-t-elle, et sa voix ne ressemblait pas à celle d'une amoureuse qui murmure : « Tu m'aimes ? », comme une affirmation, divinement sûre d'avance de la réponse ; elle était pleine d'anxiété et de souffrance, au contraire. Tout de même, elle espérait. Il ne répondait rien. Il dit enfin :

— À quoi bon les mots, Denise ? Les mots ne signifient rien.

— Dites-le-moi quand même, je vous en prie… Je veux le savoir.

— C'est que, justement, je me demande si je peux aimer, aimer comme je voudrais, soupira-t-il. Et, cependant,

Denise, je sens que vous m'êtes infiniment chère. Le désir que j'ai de vous est mêlé à une immense tendresse...

— Mais, c'est cela, l'amour, balbutia-t-elle, comme une imploration, le cœur serré, les yeux attachés sur lui.

Il répondit simplement :

— Si vous jugez que c'est l'amour, je vous aime, Denise.

Elle sentit, pour la première fois, une sorte de barrière entre leurs deux cœurs, comme une petite frontière mal définie, mais infranchissable. Mais elle ne dit rien ; elle préféra fermer les yeux, s'oublier, ne pas voir, ne pas être sûre, mais ne pas le perdre, surtout, ne pas le perdre. Et, furtivement, tandis qu'il l'embrassait, elle essuya de la main deux grosses larmes qui débordaient de son cœur trop lourd.

# 13

Un dimanche de décembre, chez les Jessaint, déjeunaient la mère de Denise, Mme Franchevielle, et Jean-Paul Franchevielle, un joli garçon de vingt-trois ans, aux yeux impertinents et à la moue rouge de page, le cousin de Denise. C'était une belle journée d'hiver, limpide, glaciale et pleine de soleil ; la salle à manger était tout éclairée d'un vif rayon un peu rose qui faisait danser sur les murs les reflets des cristaux. Le visage de Denise apparut tout à coup dans la clarté, pâle, tiré, avec ces ombres sournoises qui se glissent parfois sur les jeunes visages, soulignant les paupières, marquant les coins de la bouche, à la place des rides futures, comme un avertissement discret.

— Tu es souffrante, Denise ? demanda Mme Franchevielle.

À quarante-neuf ans, la mère de Denise était encore une femme ravissante qui ne craignait pas de se montrer, le soir, en robe de bal, les bras nus, sous la brutale lumière des lustres, à côté de sa fille. Même aujourd'hui, en plein soleil impitoyable, elle paraissait plus fraîche que Denise, savamment fardée, avec ses belles dents luisantes, ses cheveux lourds et brillants, son air de santé et de bonne humeur. Denise l'aimait beaucoup ; elle lui savait gré d'avoir été une mère attentive, intelligente et bonne, dissimulant sa vive tendresse sous son air un peu distant, un peu railleur. Elle avait été peu expansive, peu câline ; mais, au fond de son passé, Denise retrouvait le souvenir des neuf nuits de sa scarlatine, où elle avait vu, tout le temps, à travers son délire et sa fièvre, les yeux de sa mère attachés aux siens, rivés à eux, avec une volonté tenace de la sauver, un entêtement qui l'avait, en effet, arrachée à la mort. Jolie comme elle était, veuve de bonne heure, Mme Franchevielle avait eu, elle avait encore sans doute des aventures discrètes et de bon goût, dont Denise ne voulait rien savoir de précis, mais qu'elle devinait vaguement, et qui, au lieu de diminuer son respect pour elle, l'augmentaient presque, car elles faisaient de sa mère le symbole de la femme par excellence, qui sait tout, qui voit tout et qui comprend davantage. La perspicacité de Mme Franchevielle était proverbiale ; jamais sa fille n'avait réussi à lui cacher quoi que ce fût. Aujourd'hui encore, à la question de sa mère, elle se troubla, rougit sans répondre.

— J'espère que tu ne vas pas me faire une seconde fois grand'mère ! s'écria Mme Franchevielle avec horreur, feignant de s'y méprendre.

— Non, non, rassurez-vous, maman, dit Denise avec un petit sourire si triste, que Mme Franchevielle changea immédiatement, et avec art, la conversation.

Comme on servait le café, les convives quittèrent la salle

à manger pour le petit salon-bibliothèque voisin, orné de jolies gravures, de fleurs et de livres rares. Jean-Paul se leva pour aider Denise.

— C'est ça, tu vas faire la jeune fille de la maison, lui dit Denise, avec le même petit pli figé de ses lèvres qui voulait passer pour un sourire.

Jean-Paul, manœuvrant parmi les tasses avec habileté, lui murmura :

— Maintenant, j'en suis sûr.

— Quoi donc ?

— Tu as un amant, ma belle… Ce pauvre Jacques, il est…

Il eut un geste gamin vers le dos de Jessaint. Denise blêmit.

— C'est bon, c'est bon, te frappe pas… Mais tu en as une tête, Denise. Ça ne va pas, ou bien c'est l'amour qui te fatigue ?

— Tais-toi, je t'en prie, tais-toi ! répéta-t-elle.

Il y avait une telle lassitude dans ses yeux que Jean-Paul la regarda avec une expression de sympathie sincère et tendre.

— Pauvre petite Denise… Tu souffres… Ah, puisqu'il fallait tout de même que tu le fasses cocu, ton gros réjoui, pourquoi ne m'as-tu pas écouté, il y a un an, ici même ?

Elle ne put s'empêcher de sourire en se remémorant la scène où Jean-Paul, avec sa verve de collégien, lui faisant des déclarations mi-railleuses, mi-passionnées, l'avait finalement poursuivie de table en table et de coin en coin, avec un tel entrain que son agression s'était transformée bientôt en une espèce de jeu qui rappelait fort les parties de colin-maillard de leur enfance.

— Mon pauvre Jaja, dit-elle comme quand elle était petite : t'écouter, dis-tu ? tu étais brutal et naïf comme un jeune coq.

— Ça te paraît, parce que je ne te jurais pas des amours éternelles et que je ne mêlais pas à mon petit sentiment la lune et les étoiles. Denise, ma fille, tu es la dernière des romantiques. Les mots te perdront. Les mots ne signifient rien, pourtant.

— Tu crois, toi aussi, dit-elle, frappée. Cependant, tu étais jeune, toi. Est-ce que tu m'aimais ?

— Je te voulais, d'abord, et puis, aussi, j'ai toujours eu pour toi quelque chose, là, mais je ne sais pas si c'est l'amour, dit-il franchement.

— Tous les mêmes, murmura-t-elle, la voix un peu altérée... tendresse, désir... quelque chose, là... Pourquoi ne pas dire tout bonnement : l'amour ? Est-ce que vous avez peur du mot ?

— Et de la chose, Denise, ma vieille... Et puis quoi, depuis la guerre, on ne sait plus ce que c'est... Tiens, quand je te sautais dessus, je t'adorais, comme tu appellerais ça, et puis aussi, quand tu m'as envoyé dinguer, j'ai pleuré comme un veau, tu sais, mais je sentais bien tout le temps que je me consolerais, parce qu'au fond, il n'y a pas de femme dont on ne se console pas... Nous savons ça en naissant, nous autres.

— Nous ne le savons pas.

— Toi, et quelques autres spécimens destinés fatalement

à souffrir, et qui nous traitez de mufles, parce que vous nous offrez l'éternité sur un plat d'argent et que nous avons l'impertinence de la refuser. Mais vous êtes l'exception. Les autres femmes ont mis depuis longtemps en pratique le vers de Baudelaire avec une variante : « Sois charmante, tais-toi, et f… le camp. »

En tripotant les cuillers, il s'arrangea pour effleurer les mains de Denise :

— Tout de même, si jamais t'as besoin de quelqu'un pour t'aider à passer « les heures lentes du crépuscule… » c'est comme ça qu'on dit, pas ? pense à Jaja… Mais c'est pas tout ça ! En ce moment ce n'est plus à Denise que je m'adresse, c'est à Mme Jessaint, femme du richissime Jessaint (Jacques)… Rappelle-toi — ô Denise — que nous jouâmes ensemble, que je t'aidai jadis à chiper des confitures, que je fus ton garçon d'honneur, au jour béni de ton mariage, que…

— Tu as besoin d'argent ?

— On ne peut rien te cacher.

— Tu as une petite amie ?

— Non, j'ai une petite auto… C'est mieux qu'une femme, mais ça bouffe autant, et papa m'a envoyé promener quand je l'ai tapé, la semaine dernière.

— Tu n'as pas de petite amie ?

— Si, mais elle ne me coûte rien, elle a un vieux.

— Oh ! Jean-Paul !

— Ben quoi, oh, Jean-Paul ! Quand je dépense, on m'attrape ; quand je fais des économies, on m'attrape.

— Elle est jolie ?

— Oh ! oui, elle est fine, brune, brillante, avec un capot un peu allongé…

— Un quoi ?

— Un capot. Tu ne savais pas que les voitures ont des capots ?

— Tu parles de ta voiture en ce moment ?

— Bien sûr, de quoi veux-tu que je parle ?

— Jean-Paul, tu me désarmes… Tu auras deux mille francs. Et, maintenant, va servir les liqueurs.

Il s'esquiva sans même la remercier. Le café servi, elle s'installa avec sa tasse à sa place préférée, sur un coussin près du feu allumé, regardant danser les langues roses des flammes. La voix de sa mère la tira de sa rêverie.

— Denise, tu dors ? J'ai laissé mon chapeau dans ta chambre. Tu viens avec moi ?

Chez Denise, Mme Franchevielle s'approcha, prit sa fille par les épaules :

— Chérie, tu as une pauvre petite figure… Dis à maman ce qui te tourmente.

— Je ne peux pas.

— Pourrai-je t'aider ?

— Non, petite mère, je vous remercie… Ne vous inquiétez pas… Ça va encore… Quand ça deviendra trop lourd à porter toute seule, je vous dirai, peut-être… Mais ne me demandez rien, maintenant.

Mme Franchevielle plissa un peu ses jolis yeux myopes qui semblaient lire jusqu'au fond des cœurs.

— C'est entendu, ma chérie, promit-elle simplement.

Vers trois heures, Denise resta seule. Mme Franchevielle était partie ; Jessaint aussi s'en alla, déclarant qu'il avait des visites à faire.

— Voilà Jacques qui devient mondain, dit Denise avec un peu d'ironie, ce rien d'irritation agressive que les femmes ne peuvent se défendre d'éprouver envers leurs maris dès que leurs amants les rendent malheureuses.

Mais elle se garda bien de le suivre ou de le retenir. Ensuite elle renvoya Jean-Paul qui s'attardait autour de ses jupes.

Un fin rayon oblique, couleur d'abricot mûr, se glissait dans le petit salon, éclairant la pendulette d'ivoire. Denise regarda l'heure. La veille, comme tous les jours, elle avait demandé à Yves en le quittant : « Je vous revois demain ? » Toutes les fois elle se jurait d'attendre afin qu'il prononçât le premier cette petite phrase, et, toujours, à la dernière minute, c'était elle qui la murmurait lâchement, timidement, vite et bas. Pourtant, une ou deux fois, elle avait eu le courage de se taire ; le lendemain, il lui avait téléphoné à l'heure habituelle, mais l'incertitude où elle s'était trouvée jusque-là l'avait rendue à moitié folle. L'incertitude… c'était bien là le nom de son mal. Elle était à peu près sûre qu'il ne la trompait pas. Pourquoi ? il n'en avait pas le temps, ni l'occasion, ni même la tentation, sans doute. « Mais ça, ce n'est rien, ça se pardonne », pensait-elle. Ce qu'il lui fallait, comme il faut de l'air pour respirer, c'était l'assurance d'être aimée. Elle ne le savait pas. Elle ne savait rien. Toujours las, fatigué, préoccupé, ennuyé, il avait, cependant, pour elle, de la tendresse et de l'attrait physique, elle le sentait. Mais, tout le temps, elle avait l'impression que c'était elle seule qui se cramponnait, de toutes ses forces, à leur amour ; si elle le quittait, elle savait qu'il ne ferait pas un geste pour la retenir, par paresse, par découragement inné et, de cela, elle éprouvait comme une immense fatigue morale, comme si elle eût porté en tremblant, entre ses mains faibles, un précieux fardeau trop lourd. Pourtant... il n'était pas méchant, il était noble et délicat, mais il ne comprenait pas, il ne ressentait pas sa souffrance. Toujours à sa question « Je vous vois demain ? » il répondait : « Je vous téléphonerai, ma chérie. » Il trouvait cela tout simple : elle lui avait constamment répété qu'elle était libre, qu'elle arrangerait toujours ses journées pour lui ; de son côté, il était très pris par son bureau, ses affaires, les mille préoccupations d'un célibataire pauvre dont il ne voulait pas l'entretenir. Il valait mieux combiner leurs rendez-vous à la dernière minute que risquer qu'un empêchement subit vînt les troubler. C'était très juste, et, cependant, c'était une torture quotidienne que cette attente près du téléphone, un lent supplice raffiné qu'elle ne pouvait pas expliquer, qu'il aurait dû, pourtant, comprendre. Et cette incompréhension, c'était justement une des preuves les plus terribles qu'elle manquait entre eux, l'étrange fibre sensible qui relie deux êtres, les noue en un seul, les fait mystérieusement jouir des mêmes joies et saigner des mêmes souffrances ; oui, il manquait quelque chose entre eux d'insaisissable, d'inexprimable, tout simplement, peut-être, ce qu'on nomme l'amour réciproque.

Trois heures... Pourtant elle se sentait encore légère,

confiante. C'était toujours ainsi. Elle prit un livre, parcourut avec intérêt quelques pages. À trois heures dix, elle commença à ne plus rien comprendre à ce qu'elle lisait ; les mots avaient perdu toute signification ; ce n'étaient plus que de petits signes noirs sur blanc qui dansaient devant ses yeux ; plusieurs fois de suite, elle lut, relut : « La lune, haute dans le ciel, semblait la pointe d'un cône de blanche lumière… » « La lune, haute dans le ciel… » « La lune… » Elle ne comprenait pas ; elle referma le livre d'un petit geste sec. Elle prit un polissoir, se mit à frotter obstinément ses ongles, s'hypnotisant sur leur surface brillante ; mais son esprit restait trop libre ; elle se leva ; elle hésita un moment dans le couloir. Vraiment, elle ne savait que faire. Elle n'avait rien à faire, rien, rien… Elle ouvrit la porte de la nursery. Francette découpait des images, installée sur une chaise haute, à côté de l'Anglaise. Un instant, le calme, la blancheur de cette chambre pénétrèrent insensiblement Denise d'un sentiment d'apaisement, de douceur. Francette bavardait d'une petite voix pointue d'oiseau ; le feu crépitait dans la cheminée, le chat noir se léchait en ronronnant, avec un bruit d'eau qui bout. Elle s'assit près de sa fille, caressa ses cheveux. Mais, tout à coup, nerveusement, elle sursauta :

— Vous n'avez pas entendu le téléphone, miss ?

— Non, madame, répondit placidement l'Anglaise.

Tout de même, Denise demeurait préoccupée. Elle se disait qu'elle n'entendrait pas bien de la nursery la sonnerie grêle, étouffée par les tentures, et les domestiques étaient si distraits. Elle ne pouvait plus rester en place ; tout le temps, quand un autobus passait dans la rue, quand Francette faisait tinter de la main les animaux en porcelaine de Copenhague qui ornaient sa chambre, elle tressaillait, l'oreille tendue. Tout à coup, elle se leva, se sauva presque chez elle : cette fois-ci, elle était sûre.

— Allô, allô…

C'était une relation vague. Il fallut subir des demandes banales, poser des questions d'un air d'intérêt feint, s'informer de choses indifférentes. Enfin, elle raccrocha le récepteur, toute tremblante. Quatre heures moins le quart… Yves avait peut-être essayé de lui téléphoner… Sans bruit, elle alla s'asseoir sur une chaise basse, entre la fenêtre et le feu. Quel silence !… Dans l'appartement vide, les moindres bruits s'entendaient, un craquement de meubles, le pas feutré du domestique dans la salle à manger ; en bas, la lourde porte cochère retomba avec un son sourd de cloche… Dehors, dans cette avenue d'Iéna que le dimanche faisait aussi paisible qu'une rue de province, une auto passa… puis, de nouveau, ce fut un silence écrasant, mort, la paix particulière des dimanches de Paris dans les quartiers riches.

Les coudes sur ses genoux, la tête dans ses mains, Denise s'entêtait à regarder le feu, sans penser, comme on fait quelquefois, quand on veut s'endormir et qu'on se force à s'engourdir, le cerveau vide, les yeux fixés dans le vague, sans réfléchir, surtout, mon Dieu, sans une pensée !… Et, peu à peu, lentement, invinciblement, son visage se tournait vers le coin d'ombre, où le téléphone se dressait. Elle semblait implorer cet objet inanimé, comme un petit dieu d'acier et de bois, ironique, silencieux. Quatre heures passées… Il ne téléphonait pas… Il avait oublié… Non, ce n'était pas possible, il n'avait pas oublié… Mais, pourquoi ne téléphonait-il pas, mon Dieu ? Pourquoi ? Oh ! le supplice de rester là, les mains glacées, le cœur ralenti, toute la vie suspendue à cette horrible petite chose qui brillait là, dans cet angle obscur, railleuse, muette… Le supplice d'épier vainement dans le silence le grésillement de la sonnette. Quatre heures et demie… La pendule tinta. Elle sursauta sur sa chaise, les joues vertes… Puis elle commença à pleurer, doucement, découragée. Vive, insolente, claire, la sonnerie du téléphone éclata tout à coup.

Elle avait saisi le récepteur d'une main qui s'efforçait de ne pas trembler, se méfiant d'une méprise possible. Mais non, c'était bien la voix d'Yves, cette voix un peu voilée, profonde.

— Denise ?

— Mon chéri ?

— Denise, je suis très occupé… Je pourrai vous voir seulement dans une heure, une heure et demie. Pardonnez-moi.

— Le dimanche ?

— C'est ainsi.

Elle perçut une petite inflexion dure. Elle faiblit tout de suite.

— Quand vous voudrez. Chez vous ?

— Pas chez moi.

— Pourquoi ?

— Je vous expliquerai.

— Alors ?

— Vous êtes seule ?

— Oui.

— Je passerai chez vous.

— C'est bien, dit-elle, froidement, déçue, défiante.

Déjà la communication était coupée. Tout de même, une grande vague de calme l'envahit. Elle se rappela brusquement qu'elle avait mille choses à faire ; elle n'avait pas vérifié les comptes du maître d'hôtel ; on lui avait livré de chez Georgette un chapeau qu'elle n'avait pas essayé ; il fallait faire un tri parmi ses dentelles pour orner le linge qu'elle avait commandé. Elle vaqua à ces différentes occupations pendant une demi-heure à peu près, le cœur à l'aise ; puis elle alla se recoiffer, se poudrer, parfumer longuement sur sa nuque et ses bras les endroits de sa chair qu'il avait l'habitude de baiser ; elle mit la robe d'intérieur qu'il préférait, disposa elle-même les tasses à thé sur le guéridon, versa le porto dans le petit carafon de verre foncé qui brillait comme un rubis, arrangea les fleurs, mit les cigarettes dans une boîte de laque verte et noire qui venait de Moscou et qu'il aimait, installa le tout près du feu, dans l'ombre rose de la lampe. Et puis, de nouveau, elle commença à l'attendre. L'attente, c'était à présent toute sa vie. Attendre le téléphone, attendre sa visite, ou l'heure du rendez-vous… Ah ! l'affreux tourment d'aimer. Et pourquoi ? Ce n'étaient pas leurs caresses qui la liaient à lui ; elle n'était pas sensuelle ainsi que la plupart des très jeunes femmes, et, dans ses bras, elle n'était guère heureuse, toujours tourmentée par une angoisse mal définie, rongeuse et sourde, comme un mal dont on sent, au fond de soi, la présence, sans en savoir le nom. Et, cependant, malgré cette inquiétude, il lui arrivait parfois — oh ! bien rarement — tandis qu'elle était assise sur ses genoux, sa main glissée par l'ouverture de la fine chemise de soie, sur la poitrine de son amant, à la place où bat le cœur, il lui arrivait d'être pénétrée d'un sentiment de calme divin... Et, pour cette rare minute de la paix délicieuse de l'amour, elle était prête à supporter toutes les souffrances. Maintenant elle attendait... Sa vue, ses nerfs étaient engourdis ; seule, son ouïe vivait, merveilleusement aiguisée, tendue vers les moindres bruits de la rue... Des pas approchent, dépassent la maison, s'éloignent... une auto ralentit, s'arrête, non, elle s'en va... Puis c'est le bourdonnement sourd de l'ascenseur et le tintement clair de la sonnette à l'étage au-dessus... Pourquoi tardait-il ? S'il lui était arrivé un accident ? il y a tous les jours des taxis démolis au coin d'un boulevard... Et puis, pourquoi n'avait-il pas voulu qu'elle vienne chez lui ? Son imagination grandissait, amplifiait monstrueusement, dénaturait les moindres détails... Qui sait ? peut-être la trompait-il ? Est-ce qu'on sait ? Il avait peut-être une autre maîtresse ? Peut-être, las d'elle, était-il retourné à une ancienne liaison ?... Ou bien, c'était une aventure récente ? Elle imagina son amant couché auprès d'une autre, se disant ennuyé : « Tant pis, Denise attendra aujourd'hui... » Elle se torturait l'esprit à plaisir, comme une enfant malade... Et puis, ce fut une autre épouvante... Ah ! celle-là, elle vivait toujours au fond d'elle comme la peur de la mort, qui sommeille dans le cœur lâche de l'homme et s'éveille et ricane à certaines heures horribles... L'épouvante de le voir s'en aller...

Oh ! pas la grande scène de la rupture, comme on disait autrefois… Celle-là, elle ne se joue plus guère, même au théâtre… À quoi bon un si grand mot pour une si petite chose ? Maintenant, on s'en va, tout simplement, un beau jour, on ne vient pas au rendez-vous et puis, fini, on disparaît… Ça s'appelle « laisser tomber une femme » et c'est très bien, très commode, très gentil… Cependant, sur le cadran, les minutes passaient, pressées, rapides, comme de sournoises petites bêtes rongeuses, qui filent emportant chacune un minuscule lambeau de vie.

Denise attendait.

*Aimer sans être aimé,*
*Être au lit sans dormir,*
*Et attendre sans voir venir*
*Sont trois choses qui font mourir.*

dit-on à peu près.

## 14

Voilà, mon vieux, conclut Jean Vendômois, voilà ma vie… Dans le nord de la Finlande, sans aucune communication avec le monde civilisé, au bord de l'Océan Polaire… Une existence de pionnier du Canada, au siècle dernier… Neuf mois de l'année, un hiver qu'il est impossible de se figurer sans l'avoir vu… La neige… la blancheur, la limpidité, la merveilleuse pureté de l'air… ces immenses forêts profondes endormies sous la neige… pas un souffle de vent, pas un bruit… seulement les clochettes des traîneaux… trois mois d'été, où le soleil ne se couche jamais…

— Je vois, murmura Yves, les yeux agrandis de rêve.

Ils causaient depuis le déjeuner, devant leur café qu'ils oubliaient de boire ; Pierrot entre leurs jambes levait vers eux son museau rose et pointu, de l'air éternellement riant des loulous frisés. Vendômois, petit, trapu, les yeux intelligents dans un visage carré, tanné, durci, se pencha vers Yves.

— … Songe, mon vieux, songe, loin de Paris, loin de la vie bête et difficile d'après-guerre… Là-bas, l'indépendance absolue… Et puis, sentir que ce qu'on fait avec ces dix doigts-là, c'est vraiment du travail, qu'on crée enfin… Tiens, il y a trois ans, dans ce village, il y avait vingt-deux chevaux ; maintenant, il y en a cent soixante-quinze… C'est épatant… Ah ! mon rêve, ce serait de créer une ligne de chemin de fer qui relierait le village à Haparanda ; nous sommes forcés à présent d'écouler nos produits à l'aide de chevaux et de rennes… Le chemin de fer, ce serait la fortune, le succès assuré, tu comprends ?

— Si je comprends, s'exclama Yves tout haut : c'est beau, mon vieux.

— Oui, c'est beau… Ah ! Yves, viens avec moi… Que vas-tu devenir ici ? Tu végéteras, tu t'enliseras… Est-ce que c'est pour toi, le bureau, la petite vie étroite d'un employé… Là-bas, tu seras ton maître, Yves… Et puis, tu sais, cette fabrique, ce n'est rien encore, c'est tout petit, mais ça grandit, ça grandit… c'est merveilleux de voir croître ça tous les ans, comme un enfant… Je vais t'expliquer… nous fabriquons des allumettes, comme tu sais… eh bien, ces forêts inépuisables qu'on achète quasi pour rien au Gouvernement qui a besoin d'argent étranger, ces forêts fournissent jusqu'au bois nécessaire pour les caisses d'emballage, tu comprends ?

Il cita des chiffres qu'Yves écoutait, les yeux brillants.

— Cinq ans d'un travail acharné, et c'est ta fortune d'autrefois refaite… Tu sais que je ne m'emballe pas.

— Je sais.

Un grand silence tomba entre les deux amis.

— Comme je t'envie ! dit enfin Yves.

— Alors, viens…

L'autre haussa les épaules sans répondre.

Jean Vendômois l'observa, de plus près :

— Une femme, hein ?

— Une femme.

— Qu'est-ce que ça fait, ces petites choses ?

— Ça souffre.

— Bah ! il faut d'abord penser à nous.

— Je ne peux pas.

— Un petit animal, une poupée ?

— Non, une vraie femme, dévouée, sincère et tendre… C'est pour ça que je ne peux pas…

— Mon pauvre vieux, c'est bête…

— Je sais bien.

— Écoute, dit de nouveau Vendômois, je vais passer un contrat tout à l'heure avec un Anglais… Mais si tu dis « oui », je l'envoie promener… tu me donneras ta parole, et je t'attendrai là-bas…

— Je ne peux pas te donner ma parole.

— Tu ne viendras pas ?

Yves se taisait, regardait le feu.

Vendômois se leva.

— Tant pis, dit-il enfin, avec un bref soupir… Alors, adieu, mon vieux, porte-toi bien.

Ils s'embrassèrent. Yves était blême.

Avant de partir, Vendômois dit encore :

— Écoute, si, un jour, ça n'allait pas… on ne sait jamais… promets-moi que tu viendrais…

— Je te promets.

— Ça va… Adieu…

Resté seul, Yves revint vers le feu, s'agenouilla, posa sa tête sur celle de Pierrot avec un soupir profond, un sec et douloureux sanglot d'homme, sans larmes.

— Mon chien, mon bon chien, murmurait-il, la bouche dans le pelage touffu de Pierrot : oh ! comme ce serait bon… Songe donc : une libre vie sauvage, dans la neige, dans les grandes forêts profondes, la chasse, le travail, un travail sain qui use les membres autant que le cerveau, la liberté… Je t'emmènerais… Oh ! le repos du soir dans la maison de bois, le silence, la lune sur la neige, ces grandes étoiles que décrit Jean, plus grandes et plus brillantes que les nôtres… Les bras rompus de fatigue d'un ouvrier, mais le cœur libre, content… Mon bon chien, quel rêve !…

Il aperçut sur le tapis des petites photos que Vendômois lui avait montrées et qu'il avait oubliées ou laissées à dessein. Il les prit. Il vit des plaines, des huttes de bois, des traîneaux légers attelés de rennes, des forêts de sapins, des lacs ronds, transparents, où se reflétaient les bouleaux…

Il les regarda longuement, puis les jeta dans le feu.

— Denise, petite Denise, soupira-t-il, tu ne sauras jamais ce que je te sacrifie.

# 15

Quand Yves arriva chez Denise avec plus d'une heure de retard, il la trouva qui sanglotait, blottie dans l'embrasure de la fenêtre. Tout d'abord, il s'effraya.

— Mon Dieu, Denise, qu'est-ce qu'il y a ? Il est arrivé quelque chose ?

Elle fit signe que non, sans pouvoir parler. Il voulut la prendre contre lui. Mais elle le repoussa de ses deux bras tendus, raidis de fureur.

— … Égoïste, égoïste… Moi qui m'affolais, qui m'imaginais Dieu sait quoi, un malheur, un accident… Mais non, vous arrivez là, sans même daigner vous expliquer, dire un mot…

— Vous ne m'en laissez pas le temps, observa-t-il froidement, les yeux soudainement durcis.

— Taisez-vous, laissez-moi, vous êtes méchant, lâche, cruel… vous n'avez pas le droit, vous entendez ? pas le droit de me faire souffrir ainsi…

Elle suffoquait. Il fit un pas vers la porte.

— Denise, vous devenez folle, je pense... Adieu, je reviendrai quand vous serez plus calme.

Alors, elle poussa un véritable gémissement de bête blessée.

— Yves, Yves, ne me laisse pas... ne pars pas, Yves...

De ses folles mains tremblantes, elle s'accrochait à ses vêtements, à ses bras, à son cou ; il la saisit fortement, la maintint sur sa poitrine d'une étreinte qui ressemblait davantage à une violence qu'à une caresse. Mais, peu à peu, elle se calma ; les battements désordonnés de son cœur s'apaisèrent ; elle leva vers lui une pauvre petite figure mouillée de larmes, bouleversée, mortellement pâle.

— Yves...

Puis, doucement, timidement, elle implora :

— Vous me pardonnez, dites ?

Il haussa un peu les épaules et la regarda avec une expression indéfinissable, mêlée de pitié, de tendresse et de mépris.

Ils étaient assis, étroitement serrés sur le divan, dans un coin d'ombre ; dans la cheminée, les braises roses et argent pétillaient par moments et lançaient de brèves flammes claires, vite éteintes.

Denise, le front sur la poitrine d'Yves, goûtait une détente délicieuse, cette espèce de lâche et molle volupté qui suit les grandes crises nerveuses des femmes. De temps en temps, un sanglot la secouait tout entière et s'apaisait lentement, comme une houle après la tempête ; son cœur, si lourd tout à l'heure, semblait léger, à présent, comme un bloc de glace fondu en eau, cette eau salée qui mouillait insensiblement les coins de ses paupières.

À la dérobée, elle observa Yves.

Il se taisait, accablé, le regard pesant.

— Il ne faut plus jamais, jamais faire ça, Denise, vous entendez ? dit-il enfin, à voix basse.

Un peu de l'ancienne rancune remua dans l'âme mal apaisée de Denise.

— Où étiez-vous tout à l'heure ? demanda-t-elle d'un ton presque haineux. Pourquoi n'êtes-vous pas venu plus tôt ?

— J'étais avec un ami, répondit-il, l'air volontairement froid, détaché.

Elle n'osa pas dire : « Je ne vous crois pas », mais il remarqua bien la petite contraction amère et dure de sa lèvre. Il se recula insensiblement, se raidit. Une espèce d'hostilité sourde naissait entre eux. Elle la sentit ; elle voulut la conjurer, comme un maléfice, par des baisers, des caresses ; mais il demeurait crispé, la bouche close, les mains immobiles.

Alors, elle murmura :

— Yves, vous m'aimez ? Dites-moi que vous m'aimez… Vous m'êtes si cher. Dites-moi, parlez-moi…

Obstinément, il se taisait. Elle avait l'impression de se cogner désespérément contre une porte fermée, de la battre en vain de sa tête douloureuse, comme un pauvre oiseau dans une chambre sans lumière ; et, cependant, elle répétait avec le terrible et maladroit entêtement féminin :

— Dites-moi… Parlez-moi…

Il finit par répondre :

— Je ne sais pas parler, Denise, ma petite Denise ; donnez-moi le calme, le repos, la tendresse… J'ai besoin de vos mains sur mon front, sur mon cœur, de votre douce voix fraîche qui rit près de moi… Mais je ne peux pas, je ne sais pas dire des paroles d'amour… Songez que pendant tant d'années je me suis tu… Ne me forcez pas à dire de jolis mensonges… Je ne veux pas… Je suis si fatigué… Donnez-moi du repos… j'ai besoin de repos…

— Mais moi, dit-elle révoltée, moi, j'ai besoin de tout ça… J'ai besoin qu'on me dise que je suis la plus belle, et la plus chère, et la seule. J'ai besoin de paroles, même si je sais qu'elles mentent… J'en ai besoin…

— Je ne peux pas vous donner ce que vous me demandez. Ce n'est pas ma faute, Denise. Je suis pauvre de sentiments autant que d'argent, peut-être, je ne sais pas… Mais je vous donne tout ce que je peux donner…

— Ce n'est pas beaucoup… et je souffre, cependant, dit-elle à voix basse.

— Alors, soupira-t-il en la repoussant doucement, séparons-nous.

Une étrange sensation de froid subit la glaça.

— Vous ne parlez pas sérieusement ?

— Je ne veux pas que vous soyez malheureuse.

— Ah ! dit-elle, j'aime mille fois mieux souffrir par vous que vous perdre, vous le savez bien…

Silencieusement, elle posa sa joue chaude près de la sienne.

— Égoïste, murmura-t-elle tristement, sans colère.

— Égoïste, répondit-il avec un étrange petit soupir las.

Et ils demeurèrent sans parler, enlacés, lui regardant au loin, elle le regardant.

# 16

Yves poussa la porte de sa chambre ; et, avant de la refermer, il jeta comme tous les soirs, vers les ténèbres de l'office, d'une voix éteinte :

— Mon bain, s'il vous plaît, Jeanne… vite…

Puis il se laissa tomber dans le premier fauteuil qui se trouvait à sa portée.

Ce bain du soir remplaçait celui qu'il n'avait pas le temps de prendre avant de partir pour le bureau. Le matin, il devait se contenter d'une toilette hâtive à l'eau froide, grelottant dans la salle de bains mal chauffée, tandis que le vilain petit jour gris de huit heures brouillait mélancoliquement, derrière la fenêtre, les arbres, le ciel et des toits, des toits qui se succédaient à l'infini. Depuis quatre ans, Yves n'avait pas encore pu s'habituer à ce frisson qui le saisissait au réveil, à ce léger mal au cœur, et cette envie nerveuse de bâiller, de s'étirer, qui lui rappelaient les nuits de tranchée, quand l'alerte, en le mettant debout dans le noir, interrompait brutalement ses songes. Tout le reste du jour il gardait une sensation de malaise indéfinissable, d'épuisement ; il rêvait à ce moment de loisir, où il tremperait enfin, dans la baignoire profonde, pleine d'une eau chaude et parfumée, son corps las, comme les écoliers, enfermés dans les collèges, se représentent la soupière fumante, sous la lampe, à la table de famille, le soir. Il lui semblait qu'avec la poussière de la journée, il se débarrasserait d'un coup, et de la fatigue, et de la mauvaise humeur, et des soucis, et de toute l'atmosphère physique et morale du bureau détesté.

Justement, aujourd'hui, le travail quotidien lui avait paru plus particulièrement pénible encore que d'habitude : nerveux comme une femme, le temps agissait sur lui avec une toute-puissance tyrannique. Or, depuis le matin, une petite pluie fine tombait, grise et douce et lente, clapotant derrière les vitres avec un bruit humble et obstiné qui donnait envie de grincer des dents. Et, dès qu'Yves levait la tête, il apercevait la rue noire et boueuse ; des dos tristes, courbés sous des parapluies luisants, se hâtaient, comme un troupeau chassé par une main invisible ; de grandes affiches lumineuses tournaient dans le ciel noir. Vers cinq heures, la pluie cessa ; et, à l'horizon, parut une bande de clarté rose ; un moment les rues mouillées la reflétèrent et brillèrent comme des améthystes ; mais on alluma les lampes à abat-jour vert dans le bureau et, dehors, instantanément, ce fut la nuit. Le cliquetis des machines à écrire, une odeur d'encre… dans la nuque et le dos courbés des élancements, des picotements aux paupières… des colonnes de chiffres qui s'alignent et grandissent toujours… un tas de lettres qui ne diminue jamais, comme le sac d'or des kobolds du conte allemand, le sac que l'on était condamné à vider et à remplir sans cesse, pendant mille ans et encore mille ans, pour avoir surpris le vieux Rhin jouant au coucher du soleil avec les paillettes d'or des flots… ces têtes, toujours les mêmes autour de lui, des employés attentifs penchés sur leur besogne… Il ne parvenait pas à comprendre comment ce qui aurait paru à son subordonné le rêve de toute une existence, cette place près de la fenêtre, à laquelle correspondaient deux mille cinq cents francs d'appointements mensuels, — c'était pour lui quelque chose de pareil à la fois à l'internat et à la prison.

À la table voisine, Mosès, le type du jeune Israélite riche, élégant, long nez pointu dans une face fine et pâle, compulsait des chiffres, comme un amoureux qui relit une lettre de sa maîtresse, avec des yeux avides. Qu'il s'agît de mettre au net le rapport de la dernière assemblée générale, de noter la hausse de la livre sterling ou la baisse de la canne à sucre sur le marché de Haïti, Mosès abattait la même besogne, avec la même activité prodigieuse et le même intérêt fiévreux. Yves l'enviait, et il se souvenait de ce que son chef, un jour, lui avait dit — un Juif aussi, celui-là, mais de vieille souche, avec un nez presque inconvenant et une barbe d'un gris sale :

— Mon cher Harteloup, ce qui vous manque, c'est une goutte, une toute petite goutte de notre sang…

Il revoyait le geste de la main molle et velue, et l'accent tudesque :

« … Une coude, une doude bédide coude… »

Il sourit sans gaîté.

« Peut-être avait-il raison, l'animal ? »

Il s'énervait de ne pas pouvoir se défaire des souvenirs de la journée ; ils obsédaient son esprit lassé, comme un refrain stupide qui s'accroche à la mémoire, ou comme ces lambeaux de cauchemar qui traînent dans la tête, mal débarrassée des vapeurs du sommeil.

Nerveusement, il fit craquer les phalanges de ses doigts.

« … Damnée vie… »

Puis il appela, irrité :

— Jeanne, voyons, et ce bain ?

Jeanne entra à pas feutrés ; un peu sourde, elle avançait, quand on lui parlait, un visage pointu de fouine, où clignaient les yeux vides, fatigués, résignés des femmes du peuple.

— Monsieur me demande ?

— Mon bain.

Elle dit, étonnée :

— Mais, Monsieur… Monsieur sait bien que l'appareil à chauffer le gaz était détraqué ce matin…

— Vous n'avez donc pas fait appeler l'ouvrier ?

— Si, Monsieur.

— Eh bien, alors ?

— Alors, Monsieur, il n'est pas venu.

Yves ouvrit la bouche pour la traiter violemment de buse, — il n'était guère patient, — mais la vue de cette terne figure calme lui fit honte. Il se contenta d'esquisser de la main un geste las.

— Ça va bien… préparez-moi un tub… ; pourquoi avez-vous laissé éteindre le feu ?

Elle marmotta : « J'ai oublié », et s'agenouilla lourdement

pour souffler sur les bûches humides qui fumaient et ne voulaient pas brûler. Puis elle remarqua :

— La provision de bois va être épuisée… Monsieur ne m'a pas laissé d'argent.

— C'est bon, c'est bon, l'interrompit-il.

Il s'accommoda tant bien que mal avec deux brocs d'eau que Jeanne faisait chauffer à la cuisine ; puis il passa un pyjama et s'installa en face de son souper solitaire, près de la cheminée ; Pierrot, couché à ses pieds, dormait et haletait doucement en rêve.

Il mangea distraitement ses œufs à la coque mal cuits, une tranche de galantine, et il but un verre de Montrachet que Jeanne lui apporta, en le prévenant que c'était là la dernière bouteille. Puis elle monta se coucher. Dans l'appartement désert, l'horloge battait comme un cœur. Yves se rappela, comme il aimait, quand il était un tout jeune homme, la paix des chambres vides d'humains ; la solitude, alors, le grisait comme une amère liqueur puissante ; à présent, elle éveillait en lui un sentiment confus qui ressemblait à de la peur ; malgré lui, il lui arrivait de se représenter qu'il pouvait tomber malade au milieu de la nuit, étouffer, râler, appeler vainement au secours, tandis que Jeanne dormirait au sixième. Il avait honte de sa poltronnerie ; mais, involontairement, il frissonnait, en regardant l'ombre qui s'amoncelait dans les angles de la pièce et les plis des rideaux. À des moments pareils, il comprenait nettement pourquoi on se marie… pour avoir « ça », une présence, un bruit de jupes, quelqu'un à qui raconter des choses insignifiantes, quelqu'un à gronder sans raison quand on est de mauvaise humeur, quelqu'un qui est là tandis qu'on se tait. Et, cependant, c'était étrange... ce n'était jamais à Denise qu'il pensait alors... Cette liaison pour lui n'était, en somme, que fatigue. À heure fixe, il fallait être tendre, amoureux, passionné ; préoccupé par les mille petits soucis quotidiens qui le harcelaient, comme des mouches un jour de chaleur, il fallait dire de jolies choses, sourire, caresser ; quand la migraine lui tenaillait les tempes, il fallait parler pour ne pas voir les yeux anxieux de Denise, pour ne pas entendre l'éternelle petite question triste : « Qu'est-ce que tu as ? à quoi penses-tu ? tu ne m'aimes pas ? » Il ne voulait pas faire de cette femme jeune et jolie, bonne et charmante, faite pour le rire, le bonheur et l'amour, la confidente de ses mille petits soucis mesquins ; d'ailleurs, une maîtresse est capable de consoler une grande douleur romantique, pensait-il, mais non pas d'écouter longtemps, sans impatience, l'homme qui lui dirait : « Voilà, il me manque 300 francs pour payer mes impôts. Jeanne a encore oublié de faire réparer le chauffe-bains. Il y a de la poussière sur les meubles ; le rideau de guipure est déchiré... ; il faudrait remplacer la soie du fauteuil, qui s'effiloche tout doucement. Mais je n'ai pas le temps... ni d'ailleurs de m'acheter du linge, des draps de lit, des chaussettes... » Alors il fallait se taire, ou parler de choses indifférentes ou bien dire de jolis riens qui n'étaient pas précisément des mensonges, mais qui lui causaient, parce qu'il se sentait forcé de les prononcer, une mortelle fatigue...

« Avec elle, pensa-t-il avec une irritation singulière, il faudrait toujours être moralement en smoking. Ça ne rentre plus dans mes moyens, hélas... »

Puis il se rappela avec plus de résignation que d'espoir qu'elle avait promis de lui téléphoner vers dix heures. Elle viendrait probablement chez lui, sous prétexte de se rendre au théâtre, ou chez une amie. Il soupira. Comme c'était étrange… Quand il était sûr qu'il allait la voir, il retardait tant qu'il le pouvait l'instant de leur rencontre ; ce n'était pas précisément de l'ennui qu'il ressentait, mais de l'absence de désir ; il avait envie de reculer l'heure, il flânait dans les rues, il inventait mille prétextes pour se mettre en retard, trop certain de sa présence, de sa tendresse, de son amour. Mais il suffisait que survînt de la part de Denise un empêchement quelconque pour qu'il se sentît de nouveau amoureux, inquiet et plein d'une impatience délicieuse ; quand il arrivait à Denise d'être un peu malade, il s'affolait, se tourmentait, devenait câlin et doux ; il avait mal dans sa chair quand elle souffrait ; il ne pouvait la quitter ; elle lui était subitement plus précieuse que tout au monde. Mais le lendemain elle guérissait, et il recommençait à traîner son amour comme un fardeau.

Ce soir-là, en attendant son coup de téléphone, il s'installa devant sa table, repoussa Pierrot qui s'obstinait à fourrager sa main d'un nez humide et noir, et, avec un soupir résigné, il attira devant lui une liasse de papiers — factures acquittées ou non, mémoires de tailleurs, carnets de Jeanne. Vers la fin du mois, il lui manquait toujours quelques centaines de francs indispensables ; aussi, vers le 20, il s'astreignait à une révision de ses comptes, longue, embrouillée, dont il sortait toujours de mauvaise humeur, s'étant aperçu qu'il n'avait pas tenu, une fois de plus, les promesses d'économie qu'il s'était faites à lui-même. Avec ses 2 500 francs d'appointements, certains de ses collègues, mariés et pères de famille, paraissaient vivre à merveille. Mais Yves était gêné du 1er au 30 de chaque mois régulièrement. Il est juste de dire qu'il en comprenait parfaitement la cause et comment des habitudes dispendieuses, telles que taxis pris le matin pour ne pas arriver en retard au bureau, cigarettes de luxe, vêtements trop chers, pourboires trop fréquents et trop généreux, compromettaient gravement l'équilibre de son budget ; il le savait, mais il n'avait pas la force de s'en défaire ; il préférait sacrifier le nécessaire au superflu, et, cependant, il en souffrait ; il n'avait pas le caractère bohème ; il n'était plus assez jeune pour être insouciant ; seules, des dents de vingt ans mordent avec plaisir dans un morceau de pain sec.

Il soupira, repoussa les papiers, mit sa tête dans ses mains. Il était dix heures passées. Denise ne téléphonerait pas, sans doute. Il en éprouva plutôt une impression de soulagement que de déception. Dans le fond de la pièce, la lampe allumée éclairait le lit préparé pour la nuit, les draps blancs ; il imagina avec délices la fraîcheur de la toile, l'oreiller moelleux, le repos d'un sommeil solitaire, le calme, la paix. Oh ! s'étendre là-dessous… ramener sur soi le lourd couvre-pied de satin vert, brodé d'abeilles d'or, qui avait appartenu à un grand'oncle, sénateur sous l'Empire… allumer une cigarette, choisir sur la table tournante, incrustée de nacre et d'écaille, à portée du lit, un des vieux bouquins favoris, mille fois lus et relus, le feuilleter un moment, puis éteindre la lampe, se tourner du côté du mur… s'endormir… Ses yeux s'alourdissaient lui faisaient mal… Il les ouvrait tout grands, comme les enfants qui ne veulent pas se coucher. La sonnette du téléphone retentit. Il décrocha le récepteur. C'était bien Denise.

— Yves, mon chéri, venez nous rejoindre dans une heure au *Perroquet*, dites ?

— Mais vous n'y pensez pas, commença-t-il.

Elle eut une pauvre petite voix si déçue, si humble pour supplier : « Oh, je vous en supplie, Yves, venez », qu'il en ressentit de la pitié et une espèce de honte.

« C'est vrai après tout, on dirait que j'ai quatre-vingt-dix-huit ans », pensa-t-il ; et il soupira, avec résignation :

— C'est bon… À bientôt, Denise…

Pierrot le regardait en remuant la queue ; puis ses yeux d'or se tournaient vers le lit d'un air engageant ; il paraissait demander : « Eh bien ? pourquoi ne te couches-tu pas ? il est tard… on éteindrait la lumière ; moi, je m'installerais à ma place favorite, près du feu, sur cette peau de bête qui a une si ravissante odeur musquée de rat, que tu ne sens pas, toi, homme, être incomplet… le reflet des flammes danserait avant de mourir jusqu'au plafond, et je veillerais sur toi, tandis que tu dormirais… on serait tous les deux, tout seuls, tranquilles… » Mais Yves rôdait par l'appartement froid, les paupières brûlées de sommeil, cherchant parmi les armoires et dans les ténèbres des placards les pièces diverses de son habillement, telles que habit, chaussettes de soie, dur plastron empesé et ce grand cache-nez de crêpe de Chine blanc marqué d'initiales noires à jour que Jeanne s'obstinait à changer de place toutes les semaines.

# 17

Au *Perroquet*, sur le divan de velours rouge, il y avait les Jessaint, Yves, Mme Franchevielle et des amis des Jessaint, des Anglais, Mr et Mrs Clarkes, lui agile, maigre et roux, elle, longue et plate, avec des bras forts et rouges de joueuse de tennis, des cheveux d'un blond fin, très doux, un peu gris, des mouvements brusques et rudes, et une voix pointue d'oiseau.

De passage à Paris, débarqués la veille de Londres, ils contemplaient le *Perroquet*, avec cet ébahissement naïf des étrangers qui confondent dans leur admiration brouillonne le Louvre (musée et magasins), Notre-Dame et le *Pigall's* de Montmartre.

Le *Perroquet* était comble ce soir-là. Le spectacle était joli, d'ailleurs : la salle était plus grande que celles-ci ne le sont d'ordinaire, haute, vaste et bien aérée, et les femmes — il était relativement tôt encore — se mouvaient plus ou moins à l'aise entre les murs, où des perroquets de toutes les couleurs étalaient leur plumage peint. Elles semblaient toutes ravissantes, ces femmes… mais de loin, de très loin, même ; de près, au contraire, on était étonné de les voir si laides, à de rares exceptions près, si flétries sous le fard, les pieds martyrisés par les souliers trop étroits, le dos gras, les bras rouges malgré la couche épaisse de poudre qui les recouvrait. Yves, avec une sorte de plaisir cruel, les suivait des yeux longuement, tandis qu'elles dansaient avec leurs robes à mi-mollet, leurs coiffures de petit garçon, et tournant tout à coup vers lui, sans méfiance, leurs faces menteuses de vieilles femmes. À la table voisine, une Américaine sans âge, des épaules pointues de squelette ornées de perles qui se perdaient parmi les fanons du cou, minaudait en berçant dans ses bras une poupée habillée en Pierrot ; sous la poudre et le fard, les poches de ses yeux se gonflaient et saillaient monstrueusement... Une autre, ressemblant vaguement à un crapaud avec sa grosse tête et son corps de nabote, enroulé dans les plis d'une robe divine, couvait du regard avec une tendresse effrayante d'ogresse un malheureux gosse, ahuri, terrifié et résigné, que ses bras serraient comme deux tentacules... Yves les détestait toutes, sans les connaître, sauvagement.

D'ailleurs, tout l'agaçait, l'ennuyait, l'irritait ce soir-là, — la musique stridente des jazz-bands, le rire épileptique du nègre, les petits cris, les petites mines des aïeules en robe courte, tout cet enfantillage idiot, cette gaîté forcée, tout, jusqu'à Denise, insouciante, rieuse, luxueuse, avec ses souliers d'argent, sa robe blanche qui scintillait doucement aux lumières ; elle s'amusait, elle riait, tandis qu'il demeurait là, furieux, triste et crispé, buvant sans avoir soif, riant sans avoir envie de rire, contraint de se montrer poli et souriant, malgré un secret et violent désir de les envoyer tous au diable !... Il sentait à côté de lui, sous la nappe, la jambe fine de Denise qui cherchait la sienne ; il lui rendait son frôlement distraitement, tout en suivant des yeux, avec angoisse, le nombre des bouteilles de champagne, sur la table, qui augmentait de minute en minute.

Avec un désagréable petit frisson, il prévoyait déjà le moment inévitable où il faudrait dire à Jessaint ou à Mr Clarkes, du bout des lèvres, avec indifférence : « Au fait, cher ami, combien vous dois-je ? » Le refus poli, son insistance, la réponse négligente — un chiffre qui représentait la quatrième partie de son revenu mensuel, — la main au portefeuille avec le sourire, les quelques billets de cent francs jetés au maître d'hôtel, la cigarette allumée ensuite avec désinvolture... Depuis un mois, c'était la cinquième fois qu'elle recommençait, cette petite fête...

La marchande de poupées passa, présentant sur son éventaire de petits bonshommes et de petites bonnes femmes d'étoupe, vêtus en Pierrots, en travestis de la Comédie italienne, en Espagnoles avec de grands falbalas de soie et de velours. Mme Clarkes, Mme Franchevielle, Denise tendirent les mains : — ces joujoux de grands enfants avaient un succès fou. Jessaint en acheta trois.

Denise se tourna vers Yves et s'écria étourdiment :

— Oh, prenez-en une pour Francette !

Sans sourciller, Yves tira son portefeuille. Alors, elle se ravisa, rougit, voulut l'empêcher de payer, balbutia, se troubla, tandis qu'il allongeait à la femme deux billets de cent francs et refusait la monnaie. Puis il sourit, offrit la poupée à Denise ; mais elle connaissait trop bien ce sourire froid, forcé, qu'il avait quand il était de mauvaise humeur, ce regard dur et cette expression têtue, méchante et triste. Elle comprenait qu'elle avait froissé sa fierté ombrageuse, qu'elle lui avait maladroitement rappelé sa pauvreté. (Comme si, à chaque instant, la vie ne s'en chargeait pas !) Ce n'était pas sa faute, pourtant : elle avait agi sans réflexion ; elle ne pouvait pas s'habituer à considérer que deux malheureux billets de cent francs fussent une somme importante pour n'importe qui… Tout de même, elle avait envie de se battre… Elle se fit toute petite, toute humble ; mais elle remarqua vite que son humilité l'énervait seulement davantage ; elle se fit coquette, elle lui parla doucement, le regarda sous ses longs cils baissés ; il lui répondit avec une politesse cérémonieuse.

Peu à peu, sa gaîté, son entrain s'aigrirent insensiblement. C'était toujours ainsi. D'abord elle était heureuse de se montrer avec lui… ; les femmes, visiblement, admiraient son élégance, sa belle taille… heureuse de se répéter tout bas, avec une intime et ardente fierté : « À moi… il est à moi… » ; puis tout doucement, pour une raison ou pour une autre, son cœur devenait lourd, tout appesanti d'un malaise vague, le bruit l'importunait, la danse la lassait… elle se sentait malheureuse, souvent, jusqu'à ravaler de petites larmes âcres, absurdes, qui montaient jusqu'à sa gorge et l'étouffaient. Elle aurait voulu lire dans les yeux d'Yves de la tendresse refoulée, sur ses lèvres du désir contenu… D'autres se sentent unis, malgré la foule… Ils étaient eux, si loin, si loin l'un de l'autre… Toujours, entre eux, le monde détruisait cette illusion d'intimité, si rare, si précieuse, ténue comme une vieille dentelle, que ses soins patients parvenaient à tisser quelquefois…

Était-ce sa faute, ou bien celle de l'homme ? Elle ne savait pas : elle baissa la tête.

Autour d'elle, la musique sauvage et triste des nègres riait aux éclats et pleurait en même temps… « des sanglots de clown », pensa vaguement Denise… À certaines minutes désolées, ce tam-tam sourd de la grosse caisse, frappée à tours de bras par le nègre aux dents brillantes, lui déchirait le cœur plus savamment, plus cruellement qu'un archet manié par un virtuose… Le spectacle changeait ; les femmes décoiffées oubliaient de poudrer leurs nez luisants et leurs joues en sueur ; dans les yeux rapetissés des hommes s'allumait une petite flamme ; et les couples un peu gris ne dansaient plus, mais piétinaient sur place, frottant l'un contre l'autre leurs corps énervés. Un ennui vague et bête s'abattait sur tout le monde. Mme Franchevielle fumait, un coude sur la table, sans prendre garde aux boules multicolores que les hommes en passant lui jetaient. Mrs Clarkes et Jessaint parlaient golf, hockey et polo. Yves se taisait et remuait pensivement son champagne avec le « mosser » de bois. Seul, Clarkes, passablement ivre, s'amusait de tout son cœur ; il s'était coiffé d'un bonnet de papier rose et, très rouge, il commençait à faire la cour à Denise, dans son drôle de français incorrect, avec des mots naïfs qui cachaient mal son désir brutal et soudain. Elle le laissait parler, l'écoutant à peine ; tout bas, avec violence, elle lui souhaitait la mort. La musique ne cessait pas, les danseurs continuaient à se balancer sur place, les lumières faisaient briller les bijoux des femmes.

— C'est joli, tout ce luxe, dit Jessaint qui n'avait pas le goût très sûr.

Il se tournait vers Yves.

Celui-ci répliqua vivement :

— Non, coupable et fou.

Puis il se ravisa, sourit péniblement. Autrefois, il trouvait tout cela naturel, aimable, autrefois, quand il pouvait prendre sa part de la fête. Maintenant, il jouait les moralistes… Et pourtant, ce n'était pas un jeu, pensa-t-il… Vraiment, une espèce de dégoût, de lassitude amère, demeurait au fond de son cœur depuis quelques années, depuis la guerre ?… avec persistance… « comme un mesquin mal du siècle, sans phrases romantiques », se dit-il encore.

Autour de lui, à présent, on discutait. Les Clarkes voulaient aller finir la nuit à Montmartre, puis aux Halles. On décida de commencer par un cabaret russe.

— Venez-vous ? dit tout bas Denise à Yves.

Celui-ci se mordit les lèvres, tandis qu'avec une prodigieuse netteté il se représentait des chiffres.

Son portefeuille était complètement vide. Il secoua la tête.

— Denise, j'ai une migraine effroyable…

Elle commença à le supplier : se quitter sur cette espèce de bouderie sans paroles, garder au fond de sa mémoire, jusqu'au lendemain, le souvenir de regards froids, de réponses maussades ! c'était au-dessus de ses forces… Elle pâlit.

— Je vous en supplie, je vous en supplie…

Il murmura sourdement : « Oh ! » Il était crispé, énervé, Elle pensa que, peut-être, il était jaloux des assiduités de Clarkes.

Elle dit :

— Vous n'êtes pas mécontent, au moins, à cause de cet imbécile ?

Il rit presque.

— Mais non, voyons…

Ce dédain la cingla, comme un soufflet. Elle devint très rouge.

— Ne venez pas alors… Au fond, je préfère ça… Vous me gâtez toujours toutes mes joies…

Sa voix s'enrouait, pleine de larmes. Il s'inclina avec un geste glacial d'excuse :

— Je m'en rends compte, croyez-le bien… Je regrette beaucoup.

On sortit ; dehors la pluie tombait, drue, battant l'asphalte ; un vent aigre tourmentait la flamme des becs de gaz.

— On vous ramène chez vous ? proposa Jessaint, tandis que l'auto s'avançait noire, luisante et fine, brillant davantage encore sous l'ondée.

Yves, qui avait surpris dans la voix de Jessaint une inflexion fort semblable à de la pitié, eut bonne envie de refuser ; mais il jeta un coup d'œil sur ses escarpins vernis, et il se vit, transi, mouillé, ridicule, avec son macfarlane et son chapeau de soie, courant sous l'averse à la recherche problématique d'un taxi, et, lâchement, il accepta.

Quand on l'eut déposé à sa porte et que l'auto se fut éloignée dans la direction de la place Pigalle, Clarkes demanda :

— Pourquoi M. Harteloup n'est pas venu avec nous ?

Jessaint haussa les épaules ; il comprenait bien, lui, ce que son enfant gâtée de femme réalisait avec tant de peine.

— Pas le sou, le pauvre bougre, dit-il avec un rire involontairement suffisant d'homme riche, conscient et satisfait de soi-même et de sa richesse : c'est dommage, orgueilleux comme un paon avec ça ! Et puis, il n'est vraiment pas malin. Il aurait dû, tout de même, comprendre qu'on ne l'aurait pas laissé payer...

Denise, brusquement, se plaignant de manquer d'air, baissa la vitre de l'auto et se pencha dehors, sans se soucier de la pluie, son visage très rouge. Pour la pitié de son mari envers son amant, elle le haïssait. Ses mains, nerveusement, s'agrippèrent, par l'ouverture du manteau, au collier de diamants qu'elle portait à son cou ; la lumière d'un globe électrique brilla tout à coup, à l'intérieur de la voiture, d'un vif éclair rose ; les diamants dans les ténèbres flamboyèrent. Denise serra les dents. Elle aurait voulu arracher d'elle tous ces cailloux, les jeter à Yves, lui dire : « Prends-les, souris seulement... » Mais est-ce qu'on peut acheter le bonheur ?

Et en même temps elle lui en voulait, cela lui faisait honte, mais elle lui en voulait. Pourquoi n'était-il pas le plus beau, le meilleur, le plus riche ? C'était un homme, c'était l'homme qu'elle aimait ; elle avait besoin de l'admirer, de le respecter, et que les autres l'admirent et le respectent... Et on le plaignait. Elle mordit violemment ses lèvres.

Jessaint lui demanda avec une tendre inquiétude :

— Qu'est-ce que vous avez, Denise, vous êtes toute pâle ?

En même temps, il lui prit la main.

— Ah laissez-moi, s'écria-t-elle presque avec haine.

Il se recula, l'air surpris et effrayé. Mais elle souleva le col de son manteau et s'y cacha le visage, sous prétexte d'avoir froid ; elle sentait avec angoisse que des larmes s'échappaient de ses yeux, coulaient lentement jusqu'aux coins de sa bouche, y laissant un goût amer ; elle tremblait à l'idée que, dans quelques minutes, il lui faudrait apparaître en pleine lumière, avec le sillon nacré des larmes sur ses joues poudrées et ses yeux rougis. Et elle ne pouvait pas les arrêter ; elles coulaient, coulaient, se perdaient dans la soie du corsage, parmi les diamants du collier.

# 18

Décidément, ça ne va pas… constatait Denise ce matin-là.

Elle était encore au lit : il n'était pas neuf heures. Elle prit son miroir à son chevet et s'y regarda longuement, avec cette expression d'anxiété, particulière aux femmes vieillissantes ou malheureuses. Ça n'allait pas du tout, en effet : elle effaça pensivement de la main une petite ligne sournoise qui marquait le coin gauche de sa bouche, pas encore une ride, mais pas une fossette non plus, hélas !… une trace ambiguë, inquiétante, comme un avertissement discret…

Encore une mauvaise nuit, avec cette impression presque physique de pesanteur, là, dans la poitrine, et ces vilains rêves troubles, où elle voyait son amant emporté loin d'elle, et qui l'éveillaient dans les larmes. Elle soupira. Comme ils étaient loin, les matins radieux de Hendaye, au commencement de l'amour ! Elle se souvint même avec amitié des jours calmes d'autrefois, de cette absence de peine qui pouvait passer pour le bonheur et qui était comme le prolongement de la paix de l'enfance. À présent, elle avait éloigné d'elle — volontairement ou non — son mari, sa fille, ses amis… Elle s'apercevait avec épouvante qu'en somme elle n'avait plus au monde — au monde ! — qu'Yves. C'était peut-être à cause de cela qu'elle s'accrochait ainsi à lui avec cette espèce de frénésie exaspérée. L'amour qui naît de la peur de la solitude est triste et fort comme la mort. Son désir d'Yves, de sa présence, de ses paroles, devenait pareil à une morne folie. Quand elle était loin de lui, elle se torturait l'esprit à imaginer ce qu'il faisait, où il était, avec qui ? Quand elle reposait dans ses bras, l'angoisse du lendemain était si forte qu'elle pénétrait peu à peu sa joie comme un lent poison. Sur son cœur, sous la chaleur de ses caresses, elle avait toujours présente à la mémoire l'heure qui s'écoulait (la dernière, peut-être ?) si vite, si vite… Il lui arrivait, quand sept heures sonnaient, de se cramponner à lui, comme si elle se noyait, si pâle et si tremblante qu'il prenait peur. Et quand elle s'expliquait tant bien que mal, il lui caressait le front, comme à une enfant malade, et soupirait : « Pauvre petite… » Mais il ne comprenait pas ce besoin féminin de sécurité, ce frénétique désir de sa présence et cette espèce d'épouvante de le perdre, comme si, sauf lui, plus rien au monde n'eût existé. Mais, même ces minutes de souffrance âpre et savoureuse étaient rares. Le plus souvent leur liaison, comme celle des trois quarts des couples illégitimes à Paris, se bornait à de brèves rencontres entre six et sept heures, à la sortie du bureau d'Yves, à des propos insignifiants, à quelques caresses inachevées… Le samedi, une après-midi de gestes amoureux, de silences, le masque absorbé, méchant de l'homme qui prend sa maîtresse, comme on boit du vin, pour soi… Si peu de choses, si peu… de la monotonie, de l'ennui, de l'inquiétude, de la tristesse, coupés de grandes douleurs aiguës, et puis, de nouveau, de l'ennui, de l'inquiétude… si peu, si peu de joie… Elle baissa la tête avec un découragement profond… Francette, l'été dernier, sur la plage, s'amusait quelquefois à plonger ses deux mains dans la mer, pour tâcher d'en retirer un peu d'écume ; elle serrait ses paumes l'une contre l'autre et criait de bonheur ; puis elle courait vers Denise de toute la force de ses petites jambes ; mais, lorsqu'elle disjoignait les doigts, elle ne trouvait plus rien qu'un peu d'eau… Alors, elle se mettait à pleurer, pauvre petite femme… Et puis elle recommençait… C'était cela, l'amour, pourtant.

C'était une matinée de juin toute poudrée de soleil. Pour ne pas voir le ciel bleu, les arbres neufs, la lumière de ce beau jour qui blessaient son chagrin, Denise enfonça le front dans l'ombre et la chaleur de l'oreiller. Mais un coup léger frappé à sa porte la fit tressaillir.

— Qui est là ? appela-t-elle.

La voix calme de sa mère lui répondit :

— C'est moi, ma petite fille.

Denise composa hâtivement son visage et, s'étant levée, courut ouvrir la porte. Mme Franchevielle, divinement fardée, parfumée, fraîche, se tenait sur le seuil.

Elle dit en souriant :

— Encore au lit, paresseuse ! Je viens te demander à déjeuner…

Denise, qui ne se souciait que médiocrement d'affronter le regard perçant de sa mère, balbutia :

— Je suis ravie... seulement... J'allais justement sortir... et... excusez-moi, maman...

Elle se tenait debout en face de sa mère, en pyjama, pieds nus, écartant tout le temps d'un geste machinal les mèches noires qui barraient son front. Elle était très pâle et un peu tremblante.

Mme Franchevielle la regarda de plus près et demanda vivement :

— Tu n'es pas malade, Denise ?

— Mais non... mais du tout...

Elle avait une pauvre petite voix mortellement lasse.

Mme Franchevielle lui prit la figure des deux mains.

— Denise, qu'est-ce qu'il y a ?

Denise secouait la tête en se pinçant les lèvres pour ne pas pleurer. Mme Franchevielle lui caressa doucement les cheveux.

— Mon enfant chérie, tu as de la peine ?...

Pas de réponse. Alors, avec une brusquerie calculée, elle dit en plongeant ses yeux dans ceux de sa fille :

— Yves te trompe ?

Mais Denise ne protesta même pas. Un petit sourire triste fit trembler sa bouche.

— Vous croyez m'étonner, maman ? Je vous sais très — trop ! — intelligente... Et puis, je me cache bien peu et bien mal, je le crains...

— Il ne te trompe pas ? répéta obstinément la mère.

— Non.

— Il t'aime ?

— Ah ! voilà…

Sa voix s'enrouait. Elle eut un geste suppliant.

— Maman, laissez-moi, laissez-moi, vous ne pouvez pas m'aider…

Elle s'était approchée de la fenêtre, et, tournant le dos à sa mère, elle écrasait sa bouche chaude contre la vitre. Mais deux bras caressants l'entourèrent.

— Denise, tu n'as donc plus confiance en maman ?

Avec cette petite phrase-là, autrefois, et ce geste doux qui flattait son front, comme on calme un jeune animal rétif, Mme Franchevielle venait à bout de tous les caprices de Denise, enfant, comme plus tard, de tous ses soucis de grande personne. Encore une fois, vaincue, elle raconta tout… Ses inquiétudes, ses tourments mal définis et, surtout, ces espèces de bouderies sans cause, ces ombres inexplicables qui passaient sur le ciel de leur amour, comme ces nuages légers qui s'étirent d'un bout à l'autre de l'horizon, l'été, au bord de la mer et qui finissent par cacher le soleil…

— Tu crois qu'il ne t'aime pas ? demanda Mme Franchevielle, avec précaution, en adoucissant volontairement sa voix mordante.

— Je ne sais pas… J'ai peur…

— Mais es-tu donc sûre, toi-même, de l'aimer comme il faut ?…

Denise, indignée, s'exclama avec véhémence :

— Que dites-vous là, maman ? Mais je lui donne tout… toute ma vie… toutes mes pensées… plus encore… Tenez, quand je me réveille, avant même de reprendre conscience des choses, je sens comme un choc, au-dedans de moi… comme Francette, vous savez, quand j'étais enceinte d'elle… et c'est, comme alors, si douloureux, si doux… On dirait que je porte mon amour en moi, comme un enfant… Vous ne pouvez pas savoir, maman…

— Je sais, ma petite fille, je sais…

— Quand je ne le vois pas, je ne vis pas… ça ne peut pas s'appeler vivre… je traîne des heures inutiles… Vous ne pouvez pas savoir…

— Oh si, je sais très bien, ma petite fille…

Denise, à son tour, baissa la voix pour questionner :

— Vous savez ? vous avez… aimé, maman ? Alors, expliquez-moi… Pourquoi suis-je malheureuse ? J'ai un amant beau, jeune, fidèle, le rêve enfin… Et, cependant, je souffre… Regardez-moi. J'ai enlaidi, je le sais. Pourquoi ? Est-ce l'amour qui est un mal, ou bien est-ce que « j'invente des ogres », comme dit Francette, quand elle se raconte des histoires de méchantes fées, « pour se faire peur » ?

Mme Franchevielle secoua pensivement la tête.

— Il me semble que ton mal a un nom, l'égoïsme…

— Le sien ?

— Le tien, aussi…

Denise eut un mouvement brusque.

— Mais, ma petite fille, écoute sans te cabrer, et tu verras que j'ai raison. Représente-toi, par exemple, les états d'esprits différents avec lesquels vous arrivez à vos rendez-vous ? Toi, qui n'as pas eu d'autres soucis, depuis le matin, que de choisir la robe qui lui plaira le mieux, et lui, préoccupé, fatigué, ennuyé, nerveux, ayant peiné durement tout le jour pour gagner son pain quotidien… sais-tu seulement ce que ça veut dire, enfant gâtée ? Et tu t'étonnes d'un désaccord ! Égoïste… Ah ! l'amour est un sentiment de luxe, ma chérie…

Denise réfléchissait, croisant et décroisant nerveusement ses mains. Elle finit par dire :

— Mais, maman, ce que vous me dites là, je l'ai pensé moi-même, souvent… Cependant, écoutez… Ma femme de chambre a un amant, mécanicien. Il peine tout le jour plus durement qu'Yves ; mais, le soir, il va la retrouver dans sa chambre, au sixième, et ils sont heureux… Et les autres, tant d'autres, tous les hommes ! Mon mari, nos amis, tous ! Il est passé le temps des héros de Bourget, qui collectionnaient les femmes et les cravates et ne faisaient rien. Ne rien faire ! Ils mourraient de faim, les héros de Bourget !…

— Non, ils travailleraient, et certains seraient très malheureux. Harteloup ne pourra jamais s'habituer à se lever tous les jours à sept heures et demie, à attendre l'autobus au coin d'une rue, sous la pluie, à calculer, à économiser, à obéir… Ce n'est pas sa faute. Tu dis : « Les autres ? ton mari ? » Cependant, tu le trompes, ton mari… Yves te paraît lâche… Il l'est peut-être. Mais tu l'aimes.

Denise n'écoutait plus. Elle murmura en secouant doucement le front :

— Mon amour devrait être pour lui une espèce de luxe retrouvé…

— Qui sait ? peut-être justement le gêne-t-il à cause de cela ? Comme un visiteur trop bien mis dans une pauvre chambre ? Et puis vous demandez à l'amour des choses si différentes, mon Dieu ! Toi, ta vie a toujours été si calme, si douce, si unie… Naturellement, il te faut les émotions de l'amour, des plaisirs extraordinaires, et des douleurs nouvelles, et des mots, des mots, des mots…

— Et lui, que lui faut-il ?

— Du repos, simplement…

— Maman, que faire ?

— Ah, que faire ? Moins l'aimer, peut-être ? L'excès de l'amour est une grande maladresse, un grand malheur, parfois… Ma pauvre petite… Comme ça paraît dur, n'est-ce pas ? et difficile à comprendre ? C'est la vie… Elle te l'apprendra, comme elle me l'a appris… L'homme ne veut pas être trop aimé, vois-tu… Tiens, je vais te dire qui me l'a fait comprendre, pour la première fois… Ton pauvre petit frère qui est mort… Tu te souviens encore de lui, Denise ?

— J'étais si petite… Vous l'aimiez beaucoup.

— Je l'adorais, Denise, comme on ne peut adorer qu'un fils… L'espèce d'émerveillement de ce petit homme qu'on a fait… Tu ne peux pas comprendre. C'était mon premier-né, mon fils… il était si beau… J'étais folle de lui… Je passais mon temps à le câliner, à l'embrasser, à le dévorer de caresses… Un jour… il avait deux ans et demi, le pauvre ange, et il devait mourir trois mois après… comme je l'embrassais avec frénésie, il écarta mes bras de ses deux petites mains… « Maman, tu m'aimes trop fort, ça m'étouffe… » C'était déjà un homme, Denise.

Denise se taisait. Puis elle dit, avec effort, avec un petit rire dur sans gaîté :

— Tout ce que vous dites… savez-vous à quoi ça me fait penser, maman ? Ce que je pourrai faire de plus sage, en somme, ce serait de tromper Yves, puisque je n'ai pas la force de renoncer à lui, ni de l'aimer moins… Cet amour qui l'étouffe, comme vous dites, si je le partageais entre deux êtres, il serait juste à sa mesure… C'est drôle, c'est monstrueux, c'est ainsi…

Mme Franchevielle hocha la tête.

— J'ai connu une femme, murmura-t-elle, les yeux au loin, une femme qui aimait son amant, comme tu aimes le tien, comme une malheureuse, comme une folle… Elle le tourmentait à force de caresses, de soins, de tendresse jalouse… Et, comme elle lui donnait vraiment tout, tout son cœur, toute sa vie, il lui semblait toujours qu'elle ne recevait rien en échange. Tu sais bien qu'en amour, tous les deux s'imaginent qu'ils ont fait un marché de dupes, au profit l'un de l'autre… Ils oublient le troisième larron, l'amour… Enfin, tous les deux souffraient… Un jour…

— Un jour ?

— Eh bien, un jour, la femme prit un ami, comme un joujou, pour passer le temps. Pas un amant. L'idée d'une infidélité physique lui était insupportable. Un ami. Et elle joua à le rendre amoureux. Elle commença à contre-cœur, juste assez pour pouvoir passer ses nerfs sur le dos d'un innocent ; et puis, peu à peu, elle y prit goût… Elle redevint belle. L'amour heureux embellit les femmes. Son amant s'en aperçut. Il le lui laissa voir. Étant coupable, elle fut plus indulgente, puis, peu à peu, plus indifférente et lui plus heureux… Et voilà… C'est tout…

Denise avait levé la tête.

— Où est-elle à présent, cette femme, maman ?

— Oh, très loin, ma petite fille, très loin…

— Est-ce que… est-ce qu'elle fut toujours heureuse ?

— Autant qu'on peut l'être, du moins… Elle avait appris la leçon de la vie qui enseigne à donner très peu et à exiger encore moins…

— Et elle ne regretta jamais le temps où elle n'était qu'une petite fille maladroite et amoureuse. Elle ne regretta jamais sa souffrance ?

Mme Franchevielle, les yeux vagues, se taisait. Puis elle poussa un petit soupir, balança un moment, mais répondit enfin avec fermeté :

— Non, jamais.

# 19

Vers la fin du mois de juin, Yves eut de gros ennuis : il s'endetta, et, pour se rattraper quelque peu, il joua à la Bourse, d'après les conseils de Mosès, son camarade de bureau. Il ne sut jamais comment, en quinze jours, les mêmes opérations qui rapportèrent au jeune Israélite plusieurs milliers de francs, lui coûtèrent, à lui, pour le moins autant. Il dut avoir recours aux usuriers, s'embrouilla davantage, et, finalement, termina par où il aurait dû commencer : il écrivit à Vendômois, lui raconta tout et le supplia de lui venir en aide.

Il vécut des journées noires. Inquiet, harcelé, il se trouvait assez exactement dans l'état de ces chiens malades qui se mettent pour souffrir dans un coin sombre. Il lui arrivait parfois de détester jusqu'à la présence de Denise ; son pauvre être surmené ne désirait guère que la paix. Trop orgueilleux pour lui faire part de ses ennuis, il se taisait avec obstination. Et elle n'osait pas le questionner, car elle avait appris déjà, à ses dépens, qu'aucune force au monde ne lui ferait avouer ce qu'il avait résolu de taire.

Une fois, il s'endormit dans ses bras.

Toute la nuit il avait marché de long en large dans sa chambre, calculant la durée de temps probable qui s'écoulerait jusqu'à ce qu'il pût recevoir enfin la réponse de Finlande. D'ailleurs, l'idée que Vendômois, peut-être, serait gêné à cause de lui, qu'il s'endetterait qui sait ? le poursuivait comme un remords. Mais, surtout, son intime fierté d'homme saignait de se voir si désarmé devant la lutte quotidienne ; il avait beau se traiter de lâche, il ne pouvait pas s'empêcher de blêmir et de claquer des dents à la seule pensée de ce qui pouvait arriver si Vendômois ne lui venait pas en aide. Vers le matin, sa fièvre tomba. Alors, dans le petit jour qui vacillait derrière les vitres, un horrible découragement le prit, une espèce d'abandon de tout l'être. Ce fut une impression atroce, pareille à la minute de vertige qui précède les évanouissements… Des deux mains, il pressa son cœur dont les battements désordonnés lui faisaient mal. Puis il s'approcha de la fenêtre, l'ouvrit ; l'air frais du matin lui fit du bien ; il s'accouda, demeura un long moment sans bouger, sans penser. Peu à peu, le jour venait ; le ciel était tout rose ; des oiseaux criaient à tue-tête dans les arbres d'un jardin voisin. Une auto traversa la rue vide, et ses coups de trompe résonnèrent longtemps à travers Paris encore désert et tout ensommeillé. La vie s'éveillait lentement.

Yves se pencha et regarda fixement d'un air stupide le pavé. Tout son grand corps tremblait. Un effort… la chute… la fin de tout… c'était très simple. Ses pensées étaient pénibles et fumeuses, comme celles qu'on a en rêve.

Vaguement des lambeaux de souvenirs vinrent flotter dans sa tête, des souvenirs très, très vieux, de ceux-là dont on doute s'ils ne se rapportent pas à des songes… De beaux matins de son enfance, des matins frais dans des villes inconnues, en voyage, et puis, des matins de guerre. Arrivé là, seulement, il s'arrêta, se redressa, passa sur son front une main qui tremblait. Il avait été soldat. Un soldat ne meurt pas de cette façon-là. Il ferma les yeux exprès, pour ne pas voir cette rue, ces pavés roses dans la lumière légère de l'heure, et, les paupières serrées, il poussa vivement la fenêtre. L'horrible défaillance avait cessé ; il se reprenait à vivre, ou plutôt, l'habitude de la vie s'emparait de lui de nouveau. Il accomplit machinalement les mouvements accoutumés ; il se baigna, se rasa, s'habilla, puis sortit. Il faisait déjà très chaud ; c'était le commencement d'une belle journée d'été ; des visages de femmes se penchaient aux balcons ; des marchandes de quatre-saisons passaient avec leurs petites voitures pleines de fleurs en criant : « Des roses ! qui veut de belles roses ! » ; les minces jets d'eau des tuyaux d'arrosage étaient tendus d'un trottoir à l'autre et brillaient comme des arcs-en-ciel liquides ; des gamins passèrent à bicyclette, se poursuivant et chantant haut ; ils avaient des paniers d'osier sur leur dos, des tabliers qui flottaient au vent. Yves s'attachait à observer les moindres détails de la rue, comme un malade accroche désespérément son esprit aux mille riens qui meublent sa chambre. Peu à peu, il se sentait réconforté, Dieu sait pourquoi ! Une espèce de calme revenait dans son cœur, à mesure qu'il respirait l'air frais, relativement pur encore, du matin parisien. L'horrible crise de désespoir de la nuit précédente lui parut disproportionnée à ses soucis ; il en eut honte. Il passait près d'un jardin public, un carré de verdure avec une laide statue au milieu ; il était presque désert ; on venait d'ouvrir les grilles ; il entra, s'assit un moment. Dans l'allée, un jeune homme et une jeune femme, des employés de magasin, sans doute, marchaient à petits pas. L'homme racontait quelque chose avec chaleur. Son amie l'écoutait ; elle avait un visage ingrat que l'émotion intérieure colorait d'une sorte de reflet ardent. Yves crut que l'homme se plaignait d'une injustice, expliquait des ennuis ; elle ne lui disait rien, elle ne pouvait pas l'aider, elle souffrait avec lui, et la peine de l'homme en était allégée. « Il est heureux, celui-là, qui peut rejeter tout le poids de son fardeau sur l'épaule de sa compagne », pensa Yves. Il revit le regard anxieux de Denise ; il rêva à une confiance possible. Mais non. À quoi bon ? Bienheureux, l'humble mâle du peuple qui, simplement, associe la femme à ses tristesses comme à ses joies... Rembruni, il se leva. Le jardin commençait à se remplir de bonnes et d'enfants. Il vit qu'il allait arriver en retard à son bureau. Il se dirigea, en courant presque, vers la prochaine station de métro.

Ce soir-là, vers sept heures, Denise vint voir Yves. Il lui ouvrit la porte, comme d'habitude ; elle fut frappée par l'aspect de son visage : il paraissait maigri, creusé, avec un reflet de cendre sur les joues ; ses yeux étaient rougis par l'insomnie, et, sous les paupières gonflées, ils brûlaient trop. Elle lui prit la main vivement :

— Mon petit... Qu'est-ce qu'il y a donc ?

— Mais rien, rien du tout, dit-il en secouant la tête et en souriant avec effort.

Elle eut un geste d'impatience, puis se maîtrisa. Avec quelle fermeté il savait l'écarter de sa vie… Et puis, peut-être, se trompait-elle après tout ? Avait-il vraiment des soucis ? Était-il tout bonnement de mauvaise humeur, comme cela lui arrivait si souvent ? Est-ce qu'elle pouvait dire ? Est-ce qu'elle le connaissait ? « Est-ce que quelqu'un connaît quelqu'un ? » pensa-t-elle, sombre.

Ils étaient entrés dans la chambre d'Yves. Machinalement, elle se dirigea vers le miroir rond, pendu au mur dans son cadre ancien de bois doré, et devant lequel elle avait enlevé et remis son chapeau bien des fois depuis l'automne dernier. Elle se regarda, sérieuse, puis se mit à lisser sa coiffure de petit garçon, de ce geste doux pareil à celui d'une chatte qui se lave, avait dit Yves, une fois. Yves, cependant, s'était installé dans un grand fauteuil qui faisait face à la fenêtre. Quand Denise tourna la tête, elle le vit immobile, les yeux fermés. Elle alla doucement prendre un coussin et s'assit aux pieds de son amant. La main d'Yves était allongée sur son genou. Denise posa sa joue sur cette main, puis ses lèvres. Mais Yves ne dit pas un mot, ne fit pas un geste : il dormait.

Denise le regarda, interdite, croyant vaguement que c'était un jeu ; puis elle appuya son visage sur le bras du fauteuil et fixa la fenêtre, attendant patiemment qu'Yves voulût bien ouvrir les paupières. Dehors le soir tombait, un soir de juin plein de douceur. Denise leva la tête, chercha des yeux le croissant vert d'eau de la lune qui commençait à se dessiner comme un signe d'argent sur le ciel pâle. Une espèce de fine cendre rose brouillait la pureté de l'air ; elle s'assombrissait insensiblement ; c'était la nuit, transparente comme un crépuscule.

— Yves ! appela Denise tout bas.

La chambre devenait obscure ; le visage renversé d'Yves dans la clarté douteuse avait la gravité tranquille des morts. Denise, sans savoir pourquoi, eut peur. Elle se haussa sur les genoux, l'observa mieux. Il dormait pour de bon. Elle se redressa de façon à se trouver de niveau avec lui, et puis, encore une fois, elle le regarda âprement. Il y avait dans son sommeil quelque chose de tendu, de défiant. Combien de fois, après les caresses, elle l'avait vu dormir, et, toujours, elle avait eu la même impression irritante, pénible, de mystère. Jamais autant qu'aujourd'hui. Elle se pencha presque jusqu'à le toucher ; elle devait résister au désir puéril, cruel, de lever de force les paupières du dormeur pour essayer de surprendre un reste de rêve ; mais elles demeuraient obstinément baissées ; elles étaient noircies par l'insomnie ; et puis, il commença à respirer fort, comme on fait dans les cauchemars.

Mais elle le secoua légèrement. Il tressaillit violemment et ouvrit les yeux avec un regard perdu, angoissé ; la fenêtre faisait dans l'ombre une tache large, d'un blanc laiteux ; il demanda d'une voix vague :

— Il est tard ?

Il aperçut Denise qui fronçait les sourcils en le considérant. Il tenta de sourire et porta avec effort la main à son front. Comme il arrive souvent, quand on s'endort ainsi le jour, il se sentait brisé, mortellement las. Il n'arrivait pas à reprendre ses idées : c'était comme si une partie de son être eût sommeillé encore…

Mais Denise, les yeux baissés, parla très vite.

— Écoute, écoute-moi, Yves… Je ne peux plus… Je ne veux plus… Pourquoi as-tu dormi ? Tu n'as pas dormi cette nuit. Où étais-tu ? Dis-moi… J'aime mieux savoir… Tu me trompes ? Non, ne ris pas. Est-ce que je sais, moi ? Peut-être aimes-tu une femme qui ne veut pas de toi ? Tu souffres, qui sait, à cause d'une autre ? Yves, aie pitié de moi… Je t'en supplie, je t'en supplie… Aie pitié…

Yves haussa les épaules. Il ne manquait plus que ça.

— Je te jure que ce n'est pas ce que tu crois, mon pauvre petit, dit-il de cette voix mesurée, exagérément calme qu'on prend pour parler aux enfants malades.

— Alors, dit-elle vivement, ce sont des ennuis d'argent ?

Il eut sur les lèvres : « Oui », et puis… il vit à son cou son collier de perles. Il la connaissait bien ; elle enlèverait son collier, lui dirait : « Prends », ou quelque autre jolie chose folle du même genre. Et, en effet, c'était tout simple. Elle avait dix fois le moyen de le sauver, dix fois… Il enfonça ses dents, dans sa lèvre qui saigna ; il savait bien lui, pourquoi il se taisait. Ah ! si elle avait été pauvre comme lui-même !… Mais, au fond de son cœur, veillait obscure, la peur de ne pas avoir la force de repousser la main tendue, le collier, l'argent, l'aumône…

Il secoua la tête de nouveau.

— Non.

— Je ne peux pas t'aider, alors ? demanda Denise avec une espèce de désespoir.

— Non, répéta-t-il de nouveau, d'une voix basse, sans timbre.

Puis, tout à coup, il posa une main hésitante sur les cheveux de Denise, les caressa doucement, longuement.

— Denise, veux-tu m'aider ? Écoute. Il faut me laisser seul. Qu'est-ce que tu veux ? Ce n'est pas ma faute… Quand j'ai mal, il faut que je souffre seul, absolument seul, comme un chien. Ça me fait du bien… Je ne veux pas te voir tourmentée à cause de moi, de mes peines qui ne sont ni si grandes, ni si terribles que tu crois. Non, va !… Elles passeront, elles passeront bien vite. Tiens, je te demande quelques jours, quelques jours, seulement… Mais seul, n'est-ce pas, Denise, absolument seul ?… Aie pitié… Autrement, je deviendrai fou ! Tes reproches, ton angoisse… Je ne peux plus, Denise, moi non plus, je ne peux plus… Laisse-moi à mon aise mâcher et remâcher mon souci, le cuver, comme du vin… Et puis, ça ira mieux… Je serai guéri. Traite-moi comme un malade, comme un fou, mais laisse-moi !

Peu à peu, il s'était mis à parler avec une nervosité fébrile, et, en effet, en ce moment-là, il désirait la solitude, comme un malade un verre d'eau fraîche ou un fruit. Ses mains et sa bouche tremblaient.

Denise, un peu pâle, s'était levée. Elle se poudra, remit son chapeau. Elle ne disait rien ; elle ne le regardait pas en face. Il eut comme un vague remords, mêlé d'un peu de crainte.

— Denise, murmura-t-il d'une voix plus douce, je vous téléphonerai, n'est-ce pas ?

— Comme vous voulez, répondit-elle.

Elle n'osait pas lever les yeux sur lui : elle avait peur d'éclater en sanglots. Il lui avait fait plus de mal que s'il l'eût frappée. Mais est-ce qu'il comprenait seulement ? Il l'avait repoussée, chassée… une espèce de rancune sauvage et sourde se mêlait dans son cœur à sa tendresse blessée. Lui, cependant, la voyant calme, se disait : « Elle comprend ». Elle lui tendit la main en silence.

Il la baisa, puis, l'attirant contre lui, la pressa, l'embrassa ; elle le laissait faire, inerte. Il voulut la baiser sur la bouche. Elle le repoussa doucement et marcha vers la porte.

Il dit :

— Alors, c'est entendu ? dans quelques jours ?… je téléphonerai…

— Oui, oui, soyez tranquille, murmura-t-elle.

Et elle partit.

Resté seul, il éprouva un instant un sentiment de détresse infinie. Il fit même un mouvement vers la porte. Puis il se ravisa, soupira : « À quoi bon ? » et revint doucement vers la fenêtre. Il la vit s'en aller, rapidement. Les hommes se retournaient pour la regarder passer. Elle tourna le coin de la rue et disparut.

Alors il appela Pierrot et s'assit avec lui dans un grand fauteuil. Il faisait sombre, silencieux… une espèce de paix amère, descendait en lui…

# 20

Deux journées s'écoulèrent sans que Denise revît Yves et sans qu'elle eût aucune nouvelle de lui.

Le samedi matin, Jessaint proposa à sa femme de prendre l'auto et d'aller passer deux jours à la campagne, comme ils le faisaient souvent, dans une maison qu'ils possédaient aux environs d'Étampes, et qui avait été, quelque cent cinquante ans auparavant, le vide-bouteilles d'un fermier général. Denise, qui adorait la campagne, acceptait toujours avec plaisir d'y accompagner son mari. Cette fois-ci, elle refusa, sans même se donner la peine de chercher un prétexte : elle était sûre qu'Yves lui téléphonerait dans le courant de la journée.

Jessaint n'insista pas. Il avait depuis quelque temps, quand il parlait à sa femme, un air gêné, malheureux ; il devinait qu'elle cachait dans sa vie un secret, pensait Denise. Mais, sans doute, ce secret, quel qu'il fût, il préférait ne pas l'approfondir. Il éprouvait le trouble, la honte que certaines personnes foncièrement honnêtes ressentent à en regarder d'autres mentir et tromper. Il partit donc tout seul après avoir baisé Denise sur le front, en soupirant un peu. Et le soupir résigné de cet homme fort et bon, mais qu'elle savait être violent parfois, avait fait dans le cœur de Denise une de ces petites blessures sournoises qui font à peine mal d'abord, mais dont la douleur croît lentement, sûrement, avec le temps.

D'ailleurs, elle n'avait pas fait un geste pour le retenir. Le lien conjugal se relâchait insensiblement comme un nœud fait de deux cordes différentes et qui, doucement, se sont usées. Elle s'en rendait parfaitement compte. Le découragement qui s'emparait d'elle ressemblait un peu à cette faiblesse des rêves, quand on voit, par exemple, brûler sa maison avec indifférence, comme si elle ne vous appartenait pas.

Quand Jessaint fut parti, elle s'en alla chez Francette. Elle l'embrassa avec fougue ; elle s'informa de sa santé ; elle la trouva même maigrie et pâlie, quoique la petite fût joufflue comme une pêche. Elle couvrit de baisers ses petits bras, ses petites jambes nues sous la courte robe blanche ; elle voulut savoir la provenance de tous les bleus, de toutes les égratignures qu'elle put relever sur les genoux et les coudes roses. Un instant, elle eut envie de renvoyer la nurse, de se charger elle-même de France jusqu'au soir. On dit que ces petits êtres-là guérissent de tant de choses… Et puis la chambre était si claire, si gaie. Sur la table, au soleil, dormait le gros chat noir de Francette ; en voyant Denise, il daigna se soulever, arquer le dos et tendre dans le vide, l'une après l'autre, deux longues pattes velues et griffues…

Mais Francette avait reçu une patinette neuve la veille ;

elle s'arracha bien vite des bras de sa maman, pour courir à son joujou. Denise comprit qu'elle en aurait probablement pour le reste de la journée : Francette s'adonnait à tous ses jeux avec une sorte de passion. Denise voulut la prendre sur ses genoux et lui raconter une histoire pour garder un peu de temps encore, tout près d'elle, la douce chaleur du petit corps. Mais elle réussit seulement à la faire éclater en sanglots rageurs : c'était une jeune personne très volontaire que Mlle France. Denise dut s'en aller.

Toute la journée elle attendit ; mais Yves ne parut pas et ne donna pas signe de vie. Tard dans la soirée, Denise était encore près du téléphone, la tête dans ses mains. Vers minuit, elle se jeta sur son lit et s'endormit d'un mauvais sommeil inquiet. Le lendemain, comme il faisait très beau, elle envoya Francette avec la nurse dès le déjeuner au Pré-Catelan, et elle commença à chercher désespérément une occupation pour la journée. Tous ses amis étaient partis : c'était la saison où les Parisiens désertent en masse la ville du samedi au lundi ; Mme Franchevielle était déjà à Vittel comme tous les ans. Denise, en pensant à son après-midi solitaire, eut une impression voisine de l'épouvante. Comme il arrive souvent, son espoir obstiné avait fait place à un accablement brusque ; elle n'attendait plus le coup de téléphone promis ; du moins, elle voulait essayer de ne plus l'attendre. Mille fois elle avait eu la tentation d'écrire, d'aller voir Yves, lui parler. Mais une sorte de peur irraisonnée la prenait à l'idée de lui désobéir. Elle le connaissait si bien. S'il voyait qu'elle le harcelait malgré ses prières de le laisser seul, il était capable, pensait-elle, de tout finir brusquement. Est-ce qu'on savait avec ce caractère ombrageux, étrange ? Elle se rendait bien compte qu'il n'y avait qu'une chose à faire : attendre patiemment, comme il l'avait dit, qu'il cuvât son souci, quel qu'il fût, comme du vin. Quelle différence entre cette douleur d'homme que la solitude calmait et son propre cœur aimant ! Mon Dieu, s'il lui fût arrivé malheur, comme la présence, un mot, un geste d'Yves l'eussent consolée, apaisée… Mais, que faire ? il était ainsi… La rancune qu'elle avait ressentie d'abord envers lui, quand il l'avait renvoyée, avait fondu dans une espèce de résignation amère. C'était ainsi. Elle avait tout l'aveuglement volontaire de l'amour. Avec une sorte de fièvre, elle commença à chercher ce qu'elle pourrait bien faire de sa journée. Car rester là, toute seule, dans l'appartement vide, était au-dessus de ses forces. Elle téléphona à plusieurs de ses amis, personne n'était à Paris. Et tout à coup, elle se rappela la conversation qu'elle avait eue avec sa mère quelque temps auparavant. Elle s'entendit dire : « Ce que je pourrai faire de plus sage, ce serait de tromper Yves… Cet amour qui l'étouffe, comme vous dites, si je le partageais entre deux êtres, il serait juste à sa mesure. »

Elle était debout au milieu du salon ; à travers les volets fermés pour écarter la chaleur et la poussière, un peu de soleil filtrait comme de la poudre d'or. Farouchement Denise secoua ses boucles : « Ça ne peut pas durer, non, ça ne peut pas durer », répéta-t-elle plusieurs fois. Elle aperçut dans la glace sa petite figure pâle, et elle eut presque peur de son propre regard. Elle dit tout haut : « Je suis malheureuse », et un bref sanglot sec, sans larmes, la secoua. Elle alla machinalement vers la fenêtre et poussa les volets, et elle resta là, à sa croisée, accablée, fixant d'un air morne le pavé éclatant de soleil. Justement, en face de sa maison, une petite auto s'était arrêtée. En se penchant un peu, elle reconnut, la voiture de son cousin, Jean-Paul Franchevielle. Elle fit un geste pour sonner le domestique et lui faire dire de ne pas recevoir le visiteur. Mais elle n'en eut pas le temps ; le coup de sonnette de la porte d'entrée retentit presque en même temps que le sien. Elle entendit la voix de Jaja dans le hall, et il apparut sur le seuil aussitôt.

— Seule, Denise ?

— Comme tu le vois.

Elle regardait sans plaisir sa figure de page, fine et un peu pointue : il la taquinait toujours. Mais, cette fois-ci, il s'abstint de remarquer ses yeux battus et sa mauvaise mine. Il dit simplement :

— Ton mari, que j'ai rencontré hier matin aux portes de Paris, m'a annoncé qu'il partait pour Étampes sans toi.

— Juste. Et toi-même, qu'est-ce que tu fais à Paris par cette chaleur ?

Jaja hésita ; puis il répondit avec ce petit sourire mince, en coin, qu'il avait et qui donnait envie de le gifler aux gens nerveux :

— Probable, que si je te dis que c'est pour te voir, tu ne me croiras pas ?

— Probable, dit Denise, qui, malgré elle, retrouvait avec Jaja l'accent et les mots de sa quinzième année, quand elle se plaisait à imiter le ton et les manières de son jeune cousin, alors élève à Janson-de-Sailly. Jaja rit du bout des dents.

— Tu vois bien.

Denise était allée s'asseoir sur le canapé. Elle demanda :

— Tu vas prendre quelque chose ?

— Sûrement. Fais apporter des liqueurs, de la fine et beaucoup de glace.

Il s'était déjà installé à sa place favorite, par terre, sur des coussins.

Il demanda :

— Tu te rappelles, Denise, comme on fabriquait des cocktails dans la salle d'études pour les cacher dans nos pupitres ?...

— Je me rappelle... Notre salle d'études à la campagne...

— On sautait par la fenêtre et on se sauvait dans le parc...

— Tu te rappelles le vieux saule creux où on se cachait ?

— Et la balançoire qui grinçait si fort ?

— Et le ruisseau qu'on traversait vingt fois par jour pour le plaisir de se mouiller les pieds ?

— Et le moulin ? Tu te rappelles comme on montait par l'échelle raide jusqu'au grenier et comme on se cachait derrière les sacs de farine ?

— J'étais un garçon manqué... Francette me ressemblera...

— Où est-elle, ta fille ?

— Au Pré-Catelan.

Jaja savait bien ce qu'il faisait en évoquant les souvenirs

d'enfance. Denise avait pour les choses du passé les plus insignifiantes une tendresse fervente. Elle s'était radoucie tout de suite et, sur son visage, Jean-Paul avait vu apparaître ce sourire qu'il lui connaissait bien, amusé et attendri.

Alors il demanda doucement :

— Tu attends quelqu'un ?

Elle hésita un peu et répondit non.

Il proposa :

— Veux-tu que je t'emmène faire un tour en auto ?

— Jaja, ton amie t'a plaqué ?

— T'occupe pas... Viens-tu ?

— Où ?

— Où tu voudras. Hors de Paris ?

— Eh non, si on rencontrait quelqu'un ?

— Eh bien ?

— Jacques ne serait pas content. Tu comprends ? j'ai refusé de l'accompagner, hier.

— C'est juste. Alors à Paris ? Tiens, au Bois, embrasser ta fille ?

— Je veux bien, consentit Denise.

— Mets ton chapeau, ton manteau.

Denise sonna la femme de chambre. Tandis que celle-ci l'aidait à passer son manteau, elle lui glissa :

— Si quelqu'un téléphone, dites que je serai rentrée pour le dîner, qu'on me rappelle de nouveau.

— Madame peut être tranquille.

Jean-Paul affectait de respirer de toutes ses forces un bouquet de fleurs sur la table.

Il se retourna.

— Allons, dépêchons, file…

Ils montèrent en auto. Jean-Paul, amoureux de sa machine, en faisait les honneurs.

— Tu verras comme elle prend les côtes, si on pousse jusqu'à Saint-Cloud. Et puis, c'est d'un moelleux… un bijou, je te dis, Denise…

Denise ne répondait rien, laissant le vent chaud lui fouetter la figure. C'était un de ces merveilleux dimanches de Paris, où le ciel bleu s'étend au-dessus des toits comme une pièce de soie toute neuve, sans un seul pli d'ombre ; les trottoirs étaient encombrés d'une foule de petits bourgeois qui marchaient lentement, une expression de calme, de satisfaction béate répandue sur leurs visages. On voyait, rien qu'à leur manière de s'en aller sans se presser, que c'était jour de fête et qu'ils avaient tous l'intime assurance d'avoir mérité, par une semaine de labeur assidu, cette belle journée, ce soleil, le parfum des jeunes roses ; ils n'étaient pas beaux, tous ces braves gens, ni bien habillés, mais leur simple bonheur, leur repos semblaient se communiquer au passage. Denise, en les voyant, se mettait à sourire, et une espèce d'apaisement singulier, très doux, sans cause, descendait en elle.

Jean-Paul le remarqua. Il dit :

— Ça t'amuse, toutes ces têtes ?

— Oui, ça m'amuse… Jean-Paul, va plus doucement… J'aime les voir, je ne sais pas pourquoi…

Jean-Paul obéit. On approchait du Bois ; ils devenaient de plus en plus nombreux. Il y avait de grosses femmes avec des chapeaux de jais, des vieilles en robes de soie, des figures maigres d'hommes, usées par un labeur ingrat, et puis, des enfants anémiques, des petites filles en tablier blanc, des garçonnets en costume marin… « Bienheureux les simples d'esprit ! » pensa Denise ; et cette petite phrase, qu'elle avait toujours sue, acquit tout à coup pour elle un sens subtil et profond, appliquée ainsi à tous ces humbles qui accomplissaient bravement leur tâche quotidienne.

Jean-Paul demanda :

— Puisqu'ils t'amusent, veux-tu que je te mène sur la Butte ? Je parie que tu n'y as jamais été ? Il n'y a plus que les étrangers qui connaissent tous ces endroits-là…

— J'ai été au *Lapin Agile*, une nuit, avec les Clarkes.

— C'est le jour qu'il faut voir ça.

— Vraiment ?

— Je t'assure. Veux-tu y aller ? Au Pré-Catelan, tu verras seulement des tas de belles madames dans des Hispano-Suiza, et Francette n'a pas besoin de toi… on lui fait déjà la cour… elle me l'a dit… Elle a un petit camarade qui lui a offert un sucre d'orge. Elle l'a pris, et elle est allée le donner à un autre. C'est déjà une femme. Nous la gênerions…

— Je commence à le croire, dit Denise avec un soupir. Qu'y faire ? C'est la vie… À présent elle aime mieux sa patinette que moi… Plus tard, — bientôt — un homme…

— T'es mélanco, Denise, on dirait…

— Non, du tout…

Jean-Paul avait déjà rebroussé chemin. À présent, ils filaient à toute allure dans la direction de Montmartre ; pendant quelques minutes, Jaja se donna le plaisir d'une course folle à travers la ville ; ils arrivèrent bientôt en vue de la station du métro Lamarck.

Jean-Paul s'arrêta en face d'un petit café ; à ses coups de trompe répétés, le patron sortit en bras de chemise.

— Tiens, bonjour, monsieur… Vous me laissez la voiture ?

— Comme d'habitude.

— Un verre, madame, proposa le patron en souriant.

Denise, amusée, accepta. Le bonhomme glissa, en clignant de l'œil à Jean-Paul :

— Jolie fille.

— Ça ne te fait pas peur, toutes ces marches ?

— Non, voyons.

Elle grimpait légèrement ; son grand manteau clair flottait derrière elle et dessinait des plis gracieux de draperie antique.

En haut, elle s'arrêta pour respirer.

— Jean-Paul, il fait frais…

C'était vrai. Un air relativement pur soufflait des hauteurs de Montmartre. Denise s'approcha d'une palissade qui entourait la petite plate-forme sur laquelle ils se trouvaient ; elle se pencha ; un peu de brouillard voilait la ville couchée à ses pieds, mais le dôme des Invalides brillait à travers la vapeur dorée, ainsi que la fine ossature de la tour Eiffel ; un bourdonnement sourd et confus montait jusqu'à Denise.

Jaja la rejoignit, et ils continuèrent à monter. Les vieilles maisons noires, les ruelles étroites se chauffaient au soleil ; de chaque côté du trottoir en pente, hérissé de cailloux, des ruisseaux couraient avec un bruit frais. Des chiens jaunes, tout crottés, dormaient insoucieusement au milieu de la chaussée.

— As-tu déjà vu quelque part des chiens pareils? demanda Jean-Paul en désignant l'un d'eux, d'une race indéfinissable qui tenait du basset, du barbet et du dogue.

— Dans les dessins de Poulbot.

— C'est vrai... les gosses aussi, dit Jean-Paul en montrant un groupe de gamins qui couraient, le tablier au vent et les casquettes collées sur leurs petites têtes pointues.

Place du Tertre, autour des tables de bois, des familles étaient installées et buvaient de la grenadine. Jean-Paul et Denise prirent place parmi eux. Le ciel pâlissait doucement; une odeur vague de lilas flottait comme à la campagne. Une petite commumiante passa; dans le soleil qui déclinait, ses voiles blancs reflétèrent de l'or et du rose. Derrière elle marchaient deux petites filles très graves, en robe bleu ciel, des fleurs de papier sur la tête, et tenant chacune à la main une grosse rose épanouie, d'un rose criard et naïf. Quand elles furent passées, la cloche du Sacré-Cœur commença à battre.

Jean-Paul avait commandé du vin mousseux, et, maintenant, il se taisait et buvait lentement en levant le verre et en regardant longuement, avant de le porter à ses lèvres, les perles d'or que le soleil allumait dans le vin. Denise demanda :

— Tu viens souvent ici, on dirait?

— Quelquefois...

Comme elle souriait, il remarqua sérieusement :

— Mais seul…

— Bah.

— Si, c'est le moyen d'avoir la paix… Je prends ma voiture, je grimpe, je m'installe ici… je ne pense à rien, je suis heureux…

Denise le regarda un peu surprise.

Il demanda :

— Qu'est-ce qui t'étonne ?

— Toi. Je te croyais toujours en l'air, toujours en mouvement…

— Faut pas juger les gens sur l'apparence, ma fille…

Il vida lentement son verre, puis il alluma une cigarette, se renversa, sur le dossier de sa chaise et se tut. Denise se sentit presque déçue par ce silence : elle s'attendait vaguement à autre chose ; mais Jaja continuait à fumer, l'air détaché et un peu narquois. Elle se versa du vin et but d'un coup ; il était léger et frais. Autour d'eux la place se vidait. La paix délicieuse du soir les enveloppait.

— Il fait bon, — dit Denise tout haut en fermant à demi les yeux ; le vent léger caressait ses joues ; le vin bu engourdissait un peu ses membres, lui faisait tourner la tête. Elle répéta avec un sourire vague :

Il fait bon…

Et puis, brusquement, elle s'étonna :

— Tiens, j'ai moins mal on dirait… avec un peu de l'inquiétude tout involontaire que l'on ne peut se défendre de ressentir au moment où une blessure, par exemple, cesse soudainement d'être douloureuse.

« C'est drôle, j'ai moins mal… »

Elle respira avec précaution, comme si, vraiment, elle eût eu, au cœur, une plaie ; cette espèce de boule dure qui pesait sur sa poitrine s'était comme fondue ; elle respira une seconde fois plus profondément. Puis elle murmura, en passant la main sur son front.

— C'est bête… Je crois que je suis un peu ivre…

— Ce petit vin d'Alsace est traître, comme on dit, remarqua Jean-Paul.

Cependant, Denise, avec un effort, s'était soulevée.

— Rentrons, veux-tu, Jaja, il est tard…

Sans protester, celui-ci appela la bonne et paya. Mais, en redescendant, il proposa à Denise :

— Entrons dire bonjour à Frédé…

Dans la rue en pente raide, la vieille petite maison du *Lapin Agile* semblait toute ratatinée et décrépite, comme une mendiante octogénaire. Une crasse vénérable recouvrait ses murs.

Dans le bout de jardin, planté d'arbustes anémiques comme dans un estaminet de village, sur un banc, le vieux Frédé dormait ; une pie apprivoisée picorait des cerises oubliées au fond d'un verre d'eau-de-vie. Denise pria :

— Laissons dormir ton ami… Il a l'air si tranquille.

Cependant, ils s'arrêtèrent. Le crépuscule venait lentement, comme à regret ; un calme singulier flottait sur toutes choses.

— C'est la maison du bon sorcier des contes allemands, dit Denise.

Quelque part, une vieille horloge sonnait, égrenant gravement et lentement les heures.

Ils partirent.

Devant le bistro, ils retrouvèrent leur voiture. Mais ils avaient à peine fait dix mètres que l'auto s'arrêta. Jaja plongea la tête dans le capot de la voiture et la retira avec un juron de désespoir.

— Qu'est-ce qu'il y a ?

Il expliqua :

— C'est l'affaire de trois quarts d'heure au bas mot…

— C'est qu'il est tard, dit Denise inquiète.

Jean-Paul réfléchissait. Il finit par décider :

— Tant pis. Je vais laisser la voiture au Père Chose, le patron du café. Il y a un petit garage. Je reviendrai demain. On va rentrer en taxi.

Mais c'était plus facile à dire qu'à faire. Dans la rue déserte et calme comme une esplanade de province, ils eurent beau s'époumoner, pas un taxi ne répondit à leur appel. Au bout d'une dizaine de minutes, seulement, un fiacre vint à passer, un antique fiacre juché sur de larges roues, avec un cocher à houppelande et un maigre cheval qui marchait au pas, tous deux tête basse. Parmi les maisons endormies dans le soir, l'attelage vieillot avait un air vague de fantôme.

Jaja et Denise s'écrièrent en même temps :

— On le prend…

— C'que ça fait Yvette Guilbert et 1880, constata Jaja amusé.

Le cocher avait allongé un coup de fouet à sa bête ; celle-ci fit une espèce de ruade qui pouvait passer pour un effort de galop et reprit aussitôt sa marche lente. Et le cocher sembla, lui aussi, se rendormir. Denise et Jaja, serrés l'un contre l'autre dans l'étroite voiture, ne disaient mot. Ils étaient comme doucement engourdis ; les rues, les places semblaient venir très lentement à leur rencontre, les croiser, disparaître ; les réverbères brillaient, puis c'étaient de grandes bandes d'ombre ; le pas du cheval martelait le pavé.

Jean-Paul prit la main de Denise.

— Tu dors ?

— Non.

Il garda la petite main nue dans les siennes. Elle ne la retira pas. À quoi bon ? Un peu plus tard, il dit : « Nous arrivons ». Et, se penchant, il colla les lèvres à son poignet. Elle ne dit rien. Souvent, il lui avait baisé la main. Mais cette fois-ci le baiser se prolongeait, insistait. Elle se laissait faire comme dans une espèce de songe trouble, non sans douceur...

Le fiacre s'arrêta. Il l'aida à descendre, puis il prit congé d'elle, tranquillement, comme d'habitude.

— Bonsoir, Denise, fais de beaux rêves...

— Merci... toi aussi, dit-elle en souriant avec un peu d'effort.

Dès qu'elle fut rentrée, elle appela la femme de chambre.

— Marie, personne n'a téléphoné ?

— Non, Madame, mais il y a un « bleu » pour Madame.

Denise le saisit avec un affreux et soudain battement de cœur : elle avait reconnu l'écriture d'Yves. Quelques mots seulement.

*Je vous demande pardon de ne pas avoir téléphoné comme je l'avais promis mais j'étais de si sombre humeur que cela m'était impossible. Cependant, ce soir, si vous êtes libre, venez.*

VOTRE Y.

En post-scriptum, il y avait : « *Ne soyez pas fâchée, petite Denise.* »

« C'est juste. Quand il daigne faire un signe, il faut que je sois là, et que je sourie encore », pensa Denise.

Elle s'informa de Francette, dîna à la hâte et repartit.

— Si Monsieur rentre avant moi, vous lui direz que je suis allée au cinéma.

Yves l'attendait en fumant. Il ne faisait guère plus rien d'autre depuis une semaine. Toujours pas de nouvelles de Vendômois. Mais, à cause de son excès même, son inquiétude avait fini par s'émousser. Yves était repris par l'espèce de laisser-aller qui faisait le fond de son caractère. Il espérait vaguement une aide miraculeuse tombée du ciel.

Il s'attendait de la part de Denise à des reproches, des larmes, des questions. Il fut étonné de la voir très calme, indifférente et douce, avec un singulier regard qu'il ne lui connaissait pas d'habitude au fond de ses yeux anxieux attachés sur lui. Ils s'aimèrent ; il cherchait visiblement une espèce d'oubli de tout dans ses bras ; mais elle demeurait froide, attentive comme si elle eût guetté quelque chose en elle-même ou en lui. Comme elle allait partir, il la retint, l'embrassa.

— Denise…

— Tu m'aimes, ce soir ? demanda-t-elle avec un singulier petit sourire.

— Oui.

Elle demanda de nouveau :

— J'ai été... sage ?

— Très sage, dit-il légèrement.

Puis, d'une voix plus profonde, il ajouta :

— C'est ainsi que je t'aime, c'est ainsi qu'il faut être...

— Ah !... alors tu es heureux ?... Tu dormiras bien tranquillement ?

Il sourit.

— Je pense... Et toi ?

— Oh ! moi aussi...

— Tant mieux... Au revoir, mon chéri...

# 21

Le lendemain, le surlendemain passèrent étrangement vite pour Denise ; Jessaint avait téléphoné qu'il resterait une semaine à Étampes. Dès le déjeuner, Jaja venait chercher Denise, et ils partaient dans la petite auto légère du côté de Versailles ou de Saint-Germain. Ils filaient comme des fous le long des routes dévorées de soleil. Une fois ils s'arrêtèrent pour goûter à Ville d'Avray, au bord de l'étang rond que le crépuscule glaçait de reflets roses ; une autre fois sur les terrasses vertes de Saint-Germain. Denise voyait les yeux de son compagnon s'adoucir, elle devinait sur la fine bouche mordante les paroles émues qu'il taisait, et cela faisait plus que l'amuser ; cela donnait à ces moments de sa vie comme un goût de sel fort et vif. Cependant, pas une minute le souvenir d'Yves ne la quittait ; mais il semblait dormir au fond d'elle, brumeux et effacé, tel un portrait voilé, et elle goûtait cela comme un repos après de grandes fatigues. Et puis, sous le ciel assombri, ils repartaient lentement, le cœur gros de ce bonheur sans cause des beaux soirs d'été qui ressemble à une peine suave. Ils rentraient.

Et, après le dîner solitaire, d'où elle chassait avec persistance le souvenir de son mari, Denise se hâtait vers Yves. Ils disaient peu de paroles. Denise devenait vraiment la femme qu'il avait désirée, docile et silencieuse ; il enfouissait son front dans le creux tiède de l'épaule nue, et il s'abîmait dans cette nuit délicieuse ; elle savait maintenant, lui caresser les cheveux sans rien dire.

Le soir du troisième jour, comme Yves n'avait pas téléphoné à l'heure habituelle, Denise fit appeler Jean-Paul. Tout de suite, il accourut. Denise comprit que, chaque jour, sans doute, il avait attendu un signe d'elle, et un plaisir singulier, un peu cruel, comme celui d'une obscure vengeance, emplit son cœur. Il faisait beau, chaud. Par la fenêtre ouverte montaient les voix paisibles des concierges installés sur le pas des portes et qui causaient d'une maison à l'autre comme en province. Par bouffées, le vent apportait l'odeur sucrée d'un buisson de fleurs épanoui dans un jardin voisin.

Denise pria :

— Allons au Bois, veux-tu, respirer un peu d'air ?

Toute la journée, il avait fait une chaleur atroce. Denise avait quitté son pyjama seulement pour le dîner, et elle avait somnolé presque tout le temps sur son lit, derrière les volets clos. Elle avait encore les joues rouges et chaudes, comme les petits enfants qui viennent de s'éveiller, et, en s'approchant d'elle, par l'entre-bâillement de la robe légère, Jean-Paul respira ce parfum très doux qui était le sien et qui ressemblait à l'odeur fraîche des jeunes plantes.

— Je veux bien, consentit-il, la voix un peu rauque.

Quelques minutes après, ils prenaient la file dans la bande d'autos qui se dirigeaient vers le Bois. L'avenue en était couverte, comme d'une masse compacte; cela sentait l'essence, le pétrole, la poussière. Mais, dès que les grilles de la Porte Dauphine furent dépassées, un air frais, et qui semblait par contraste d'une pureté délicieuse, leur souffla au visage. La nuit était sombre et douce. De temps en temps, quand on passait devant un des restaurants dissimulés parmi la verdure, il en ruisselait de la lumière, de la musique, et puis, c'étaient, de nouveau, les grandes taches noires des massifs se découpant sur le ciel plus clair. Et cela sentait bon l'herbe mouillée, les arbres et une odeur douce de fleurs qui venait d'on ne savait où. Mais, à mesure que la nuit avançait, une espèce de brouillard montait des pelouses et même du chemin. Il était opaque et blanc comme du lait. Près des champs de courses, Denise et Jean-Paul s'arrêtèrent charmés. Autour d'eux, partout, des flocons qui paraissaient de fumée ou de neige légère s'élevaient doucement de la terre; des cimes d'arbres semblaient émerger d'une mer de lait. Denise, comme une petite fille, tendit les mains :

— Oh! on dirait de la gaze…

— Des voiles de fées, dit Jaja, n'est-ce pas?

Il répéta plus bas : « N'est-ce pas? » et se pencha vers elle. Elle vit briller ses yeux et ses dents.

— Laisse, dit-elle faiblement.

Elle savait ce qui allait venir. Mais elle ne voulait pas se défendre… Un baiser, cette nuit, était-ce rien de plus qu'une cigarette, qu'un fruit, qu'une gorgée d'eau fraîche qui trompe la soif sans l'apaiser ? Comme un écho, elle perçut au fond d'elle-même le souvenir de certaines paroles maternelles qui étaient demeurées en elle, et qui avaient fait sourdement leur dangereux chemin : « … elle prit un ami. Pas un amant. Un ami. Peu à peu elle y prit goût… »

— Laisse, répéta-t-elle avant qu'il eût rien tenté.

Le baiser vint.

Elle fit : « Ah ! » et elle tourna plusieurs fois la tête. Mais les jeunes lèvres avides la rejoignirent, et la voix étouffée de Jean-Paul murmura machinalement :

— Je t'aime, je t'aime tant, si tu savais…

Et puis :

— Et toi ?

— Non, dit-elle.

Un petit silence. Et puis :

— Ça ne fait rien.

Elle entendait sans comprendre. Il lui avait pris la bouche, longuement, doucement, la goûtant avec précaution, comme on fait d'un fruit à la saveur inconnue.

Cependant, ils n'avaient pas remarqué qu'autour d'eux quelques autos étaient venus s'arrêter, et, sans doute, dans plus d'une, sous prétexte de contempler le brouillard, des couples, comme eux-mêmes, s'embrassaient bien abrités par la nuit. Mais un mauvais plaisant eut l'idée de diriger le jet électrique de son phare sur toutes ces voitures, où l'on devinait vaguement deux formes indistinctes, si voisines qu'elles se confondaient. Perçant le brouillard, la clarté brutale tomba d'aplomb sur Denise et Jean-Paul ; dans un éclair, leurs visages joints apparurent tout blancs dans une lumière crue de rampe. Denise, surprise, eut un brusque recul, son chapeau tomba sur ses genoux ; en même temps, elle tressaillit toute : il lui semblait avoir entendu une exclamation étouffée tout près d'elle. Mais déjà le jet électrique, s'éloignait, fouillant malicieusement la pénombre d'autres voitures, d'où partaient des cris rageurs de femme. Denise eut beau sonder l'obscurité autour d'elle ; elle ne vit rien ; un taxi, à ses côtés, démarra brusquement et disparut ; cela détermina le mouvement des autres véhicules qui partirent dans toutes les directions.

« J'ai rêvé », pensa Denise.

Tout cela s'était passé si vite que son impression confuse se dissipa presque aussitôt. Ils firent encore une fois le tour du Bois, et, dans une fraîche petite allée, Jaja l'embrassa de nouveau. Mais lorsque, haussant les lèvres, il voulut baiser sur sa joue la place préférée d'Yves, elle eut un geste irraisonné, instinctif.

— Non, pas là…

Il la regardait surpris. Elle dit sèchement :

— Rentrons.

Il obéit, comprenant que la minute d'abandon était passée.

À peine chez elle, elle appela Marie.

— Personne m'a téléphoné ?

— Si, Madame, répondit la femme de chambre : M. Harteloup.

— Il y a longtemps ?

— Oh, oui, presque tout de suite après que Madame a été sortie.

— Il n'a rien dit ?

— Non, Madame. Il a dit qu'il retéléphonerait demain.

— C'est bien. Merci, Marie.

Ce soir-là, tout de suite après le dîner, Yves avait, en effet, téléphoné. La réponse de la femme de chambre « Madame vient de sortir » l'avait étonné, irrité presque. Jamais, depuis plus de onze mois que durait leur liaison, un pareil fait ne s'était produit. Denise était toujours là, à sa portée, attendant son bon plaisir, son ordre. Il eut honte de l'espèce d'exaspération où sa déconvenue l'avait jeté, mais il ne put pas parvenir à s'en défaire. Il commença à marcher de long en large dans l'appartement, espérant vaguement que c'était une méprise, qu'elle allait le rappeler. Mais non. C'était bien vrai. Elle n'était pas là.

« Mais où diable peut-elle être ? se disait-il. Son mari n'est pas rentré cependant… Où est-elle ? »

Puis il se ravisa, sourit avec un peu d'effort.

« C'est du joli… Pauvre petite Denise… Eh ! mon Dieu, elle est bien libre… Si c'était à elle de faire une tête pareille chaque fois que je sors sans la prévenir, je serais rudement embêté… »

Mais il avait beau se parler ainsi, ou plutôt, selon son habitude, à Pierrot qui, assis sur son derrière, surveillait les mouches autour de la lampe, il ne se calmait pas. Il se rappela cette journée à Hendaye, quand elle était partie depuis le matin et qu'il avait erré à sa recherche du casino à la plage. Et le soir où elle l'avait trouvé pleurant près de la Bidassoa… Il ne savait pas pourquoi, mais ce souvenir lui était pénible… Il jeta sa cigarette loin de lui, d'un geste rageur ; elle s'écrasa avec une pluie d'étincelle contre le marbre de la cheminée.

— Je sors, Pierrot.

Pierrot remua la queue.

Yves lui tira légèrement les oreilles en signe d'adieu et sortit.

Dans la rue, il marcha un petit moment et finit par héler un taxi et se faire conduire au Bois. il pensa à s'arrêter au Pavillon Royal pour y boire quelque chose de frais ; mais la nuit, dans le brouillard laiteux, était si singulièrement belle qu'il dit au chauffeur de pousser jusqu'à Longchamp. Et, comme il était là, dans l'ombre, quelques autos vinrent se ranger à côté de lui, et, tout près, une petite voiture découverte, où l'on voyait vaguement un couple enlacé. Il les regardait depuis un moment quand soudain jaillit la lumière crue du phare. La figure de Denise surgit à deux pas de lui ; elle était un peu renversée en arrière ; un jeune homme l'embrassait ; elle se laissait faire en souriant.

Brusquement, il la vit se défaire de l'étreinte. Il vit sa tête nue, ses boucles fouillées par le vent de la nuit, et, dans cette fantastique clarté blanche, tout son fin visage de statuette, sa bouche sérieuse et le beau regard franc qu'il aimait et qui le fixait dans l'obscurité sans le reconnaître.

Et puis, comme une vision, tout disparut.

Le taxi l'emportait déjà vers le lac qu'il se tenait encore debout, tout hébété, les deux mains cramponnées à la portière. Un choc brusque de la voiture qui venait de cahoter à un tournant lui rendit conscience des choses. Il cria :

« Arrêtez ! » descendit, paya, et, à pied, s'enfonça dans le bois, dans la direction de Longchamp. Il n'avait pas d'idée bien arrêtée ; il allait tout bonnement vers l'endroit où il avait entrevu Denise, comme s'il allait la retrouver là. Au bout de quelques minutes, il s'arrêta, dit tout haut : « Je deviens fou. Elle est partie depuis longtemps » ; mais il continua à marcher sans but, se heurtant aux arbres qu'il ne voyait pas.

Il n'eut pas un instant de doute. Il ne voulait pas douter. Il ne fuyait jamais devant le malheur, il s'y jetait immédiatement, comme dans un gouffre qui fait peur et qui attire. L'homme ? il ne l'avait pas vu. Seulement une jeune tête aux cheveux lisses rejetés en arrière. D'ailleurs, cela importait peu. Ainsi, elle le trompait, elle mentait, elle, Denise ? Il en demeurait comme écrasé. À présent seulement, il comprenait à quel point était rare, extraordinaire, précieuse, la confiance aveugle qu'il avait eue en elle. Pourquoi ? Elle était femme après tout, et, comme toutes les femmes, menteuse et faible. Mais justement, pour lui, est-ce qu'elle avait été « toutes les femmes » ? Est-ce qu'elle avait été une liaison passagère, le souvenir d'un beau jour d'été, comme tant d'autres ? Est-ce qu'il ne l'avait pas toujours traitée un peu comme une épouse ? Il l'avait respectée, à Hendaye, pendant longtemps, comme une jeune fille. Et depuis, jamais il ne lui avait fait sciemment l'injure de soupçonner, fût-ce dans le plus profond de sa pensée, le moindre de ses mots, une seule de ses actions ? Ce beau regard franc qu'elle avait… Mais cela, ce n'était rien encore… Il aurait pu, peut-être, arriver à douter de son honnêteté, mais de son amour pour lui, jamais!... À cet amour, il n'avait même jamais pensé. Est-ce qu'on pense à ce qu'on possède, à ce qu'on est certain de posséder toujours ? Dans son cœur cela avait été une conviction enracinée, une espèce de vérité première qu'il était oiseux d'essayer de démontrer. Il savait que sa tendresse ne lui manquerait jamais, comme il savait que la terre tourne, que le soleil éclaire, et que, toujours, après la nuit, le jour se lèvera. Comme un enfant malade qui frappe ceux qui le soignent, il pouvait la rudoyer, la chasser, c'était son droit, elle lui appartenait. Mais il savait bien : tant qu'il le voudrait, elle serait là. Dans sa vie, cet amour avait brillé comme une lampe, une lumière caressante et douce, un peu voilée... Maintenant elle s'était éteinte... Pardonner ? l'idée même ne lui en venait pas. À quoi bon ? Ce qu'il avait aimé en elle, c'était la sécurité qu'elle lui donnait. Ses beaux yeux, ses lèvres, son petit corps, d'autres en avaient d'aussi beaux, mais, jamais, en aucune femme, il ne pourrait avoir la foi qu'il avait eue en elle. Alors, ce n'était pas la peine d'essayer... Denise était morte. Il s'arrêta. Sa promenade égarée l'avait ramené près du lac. Il s'approcha, regarda l'eau d'un air fixe et dur. Le remous lui donnait un vertige léger, comme un peu d'écœurement; l'eau bougeait et luisait faiblement. Il partit. Il se retrouva hors du Bois. Il marcha le long de l'avenue déserte; puis il s'enfonça dans une petite rue. Tout à coup il se sentit las. Il y avait une boutique de marchand de vin encore éclairée. Il entra, s'affaissa sur une banquette et demanda à boire. On lui servit du vin. Il vida son verre d'un trait, le remplit de nouveau. Vaguement il aurait désiré s'enivrer. Mais le vin grossier lui donnait la nausée. Il reposa le verre, s'accouda, mit sa tête dans ses mains. Attablés devant le comptoir, des ouvriers buvaient. Ils causaient. Il écouta sans comprendre ce qu'ils disaient. Le bruit des voix humaines lui faisait du bien. Un mot le frappa : « Demain. »

— Ah, oui, demain, murmura-t-il.

Comme une muraille qui s'abat, tous les soucis retombèrent sur lui. Demain. Pas de nouvelles de Vendômois. Pas d'argent. Dans trois jours l'échéance. Le bureau détesté. Demain. L'atroce chaleur. Et puis, rien… Pas une lueur. La nuit, le vide… Toutes les chances de salut qu'il avait imaginées au cas où Vendômois ne lui viendrait pas en aide, il les écarta avec une espèce d'entêtement haineux.

— Monsieur, on ferme, dit le cabaretier.

Il se leva machinalement, paya, sortit. Et puis il marcha encore, longtemps, de-ci de-là, sans but. La nuit passant. Tout à coup il leva la tête et reconnut sa maison. Jamais plus tard il ne sut dire comment il y était arrivé. Il monta. Dans le vestibule, il se heurta contre un objet posé par terre. Il se pencha. C'était une valise. De l'office, Jeanne arriva tout ensommeillée.

— Monsieur, il y a un monsieur qui attend Monsieur.

Il poussa la porte. Vendômois.

Il entendit comme dans un rêve :

— Mon vieux… Pardonne-moi si j'ai tardé… Mais il fallait laisser tout ça, là-bas, plus ou moins en ordre, tu comprends ?… Et puis, tout de suite, j'ai sauté dans le train… On se comprend mieux que par lettre, n'est-ce pas ? et puis, j'avais affaire à Paris, ce mois-ci… Pourquoi je ne t'ai pas envoyé de télégramme ? Mais il n'y a pas de télégraphe dans mon petit village perdu dans les neiges. Une lettre serait arrivée en même temps que moi… Mais qu'est-ce qu'il y a ? Tu as une figure de l'autre monde… Ne t'inquiète pas, voyons… On arrangera tout…

Yves passait sur son front une main tremblante et répondait seulement : « Merci, merci », d'une voix blanche qu'il s'étonnait lui-même d'entendre. Vendômois demanda rapidement :

— Mon vieux ?… ça ne va pas ?

— Non, excuse-moi, mon vieux.

— L'argent seulement ?

— Pas seulement.

Vendômois fit un geste.

— Ah, dit-il simplement.

Yves sourit avec reconnaissance ; cette pudeur masculine, qui tait même la pitié, c'était bien cela qu'il lui fallait. Il regarda son ami.

— Jean, dit-il brusquement.

— Oui.

— Quand repars-tu ?

— Après-demain, deux heures.

— Tu peux attendre quarante-huit heures ? — Je peux.

Il avait levé le front et il regardait Yves attentivement. Celui-ci eut une pauvre grimace d'enfant qui va pleurer.

— Jean, emmène-moi.

Vendômois haussa les épaules.

— Ça va, dit-il.

# 22

Ce matin de juillet, Denise attendait fébrilement que la maison s'éveillât afin de pouvoir, sans trop d'invraisemblance, s'habiller et sortir. Elle n'avait pas fermé l'œil de la nuit : une horrible inquiétude habitait son cœur, et son angoisse, cette fois-ci, était, hélas ! trop précise. Depuis une semaine, Yves avait disparu de nouveau. D'abord elle avait trouvé cela tout simple. Cependant, au bout de quelque temps, cette absence prolongée avait commencé à lui paraître singulière. Après deux jours d'attente, elle s'était enfin décidée à lui téléphoner. Pendant vingt minutes, elle avait entendu ses coups de sonnettes retentir longuement dans l'appartement. Pas de réponse. Deux, trois fois, elle avait retéléphoné. Rien. C'était inexplicable. Elle allait sortir, s'informer, quand son mari était rentré. De toute la soirée, elle n'avait pas pu bouger. La nuit avait été affreuse. « Sûrement, il est malade », pensait-elle. Elle se rappelait la mauvaise mine qu'il avait depuis quelque temps. Peut-être se trouvait-il dans quelque clinique ? Mon Dieu, mon Dieu, si c'était vrai qu'il fût là, quelque part, souffrant, caché dans ce grand Paris, tout seul, elle abandonnerait tout au monde, son mari, son enfant, pour courir vers lui. Elle souffrait, écroulée sur son lit, une torture minutieuse, subtile, lente… Et cette nuit qui ne finissait pas… Enfin, le matin vint. Dès qu'elle eut entendu dans la pièce voisine son mari qui s'éveillait, et sa toux nerveuse de fumeur, et sa voix, elle sonna la femme de chambre. En un quart d'heure, elle fut baignée, habillée et elle se trouva dans la rue.

C'était une journée de juillet, orageuse, accablante. Malgré l'heure matinale, déjà de l'asphalte surchauffé montait une vapeur malsaine ; les arbres perdaient de petites feuilles jaunes, recroquevillées, crissantes, brûlées par la chaleur. Dans le taxi, Denise, les dents serrées, pressait l'une contre l'autre ses mains fiévreuses. Le taxi s'arrêta. C'était la maison d'Yves. Denise, passant par habitude, la tête baissée, devant la loge de la concierge, escalada en quelques bonds l'escalier. Elle sonna. Le coup vibra, clair et sec. Elle attendit. Personne ne vint. Elle sonna de nouveau, plus longuement. Elle entendait bien comme ses appels résonnaient stridents, affolés, à travers les pièces. Mais pas un pas, pas un souffle derrière la porte. Alors elle commença à ébranler cette porte de ses poings fermés. Au bruit, la concierge accourut.

— Vous désirez, madame ?

— M. Harteloup ? murmura Denise.

— Il est parti, madame.

Comme Denise la regardait avec des yeux hébétés, elle crut devoir expliquer :

— Il n'est plus à Paris.

— Il est parti pour longtemps ?

— Oh ! oui, je pense... Il a cédé son bail. On doit venir emménager demain matin.

— Où est-il parti ?

Soit que la concierge ne voulût rien dire pour ne pas s'attirer d'ennuis, soit qu'effectivement elle ne sût rien, elle se contenta de secouer négativement la tête.

— Vous ne savez pas ?

— Non.

— C'est bon, murmura Denise.

Elle était étourdie comme par un coup de massue. Elle n'avait même pas l'idée d'insister, de forcer avec un gros pourboire la discrétion de la concierge. Comme un éclair, un souvenir lointain traversa sa pensée. Toute enfant, il lui arrivait souvent de rêver que son père mourait, et c'était d'horribles cauchemars qui l'éveillaient en sursaut, toute couverte de sueur. Peut-être était-ce un pressentiment? Peut-être avait-on parlé devant elle de la maladie de cœur dont il souffrait. Toujours est-il qu'il mourut subitement, comme elle l'avait vu plus de vingt fois dans ses songes ; elle se rappelait comme la catastrophe l'avait trouvée hébétée et résignée. « Cela » devait arriver. Depuis longtemps, obscurément, elle le savait. De même, là, devant cette porte close, un sentiment pareil de fatalité l'écrasa. Ses angoisses, son inquiétude, son besoin exaspéré d'avoir son amant à ses côtés, toujours, le désespoir où deux jours d'absence la jetaient, tout cela, est-ce que ce n'était pas une prescience de ce qui serait ? — cette porte muette, ce coup de sonnette dans l'appartement désert, cette horrible faiblesse de tout l'être, là, sur ce palier ensoleillé, devant cette femme indifférente. Sans un mot, elle commença à descendre l'escalier, les épaules courbées, comme si elle avait reçu un grand coup sur la nuque. Au bas des marches elle s'arrêta. Son cœur défaillait. Combien de fois elle avait enfilé ses gants, arrangé son chapeau, poudré son visage sur le seuil de cette porte cochère avant de sortir dans la rue. Et maintenant, jamais plus, jamais plus… Elle se surprit à gémir tout haut. Cependant une pensée lucide veillait encore en elle. Elle voulait savoir où il était. Elle héla un taxi et se fit conduire à son bureau. Le directeur la reçut immédiatement, car elle lui avait fait passer sa carte ; elle vit bien qu'il la dévisageait avec étonnement, mais l'idée de l'énormité qu'elle avait commise, en donnant le nom de son mari, ne la troublait même pas. Il ne fit aucune difficulté pour lui révéler ce qu'il savait lui-même. Harteloup était parti pour la Finlande, appelé subitement, croyait-il, pour des affaires de famille ; il avait son adresse. Elle demanda d'une pauvre petite voix brisée :

— Est-il parti pour longtemps, vous croyez, monsieur ?

— Il m'a dit que c'était pour toujours, répondit le directeur en hésitant.

Elle fit « Ah ! » et demeura absolument immobile. Seulement ses joues étaient devenues toutes blanches, et les coins de sa bouche s'étaient creusés, la vieillissant brusquement.

Le directeur gêné proposa :

— Vous voulez son adresse ?

— Oh ! oui, je vous prie, monsieur, dit-elle comme une

enfant qui s'imagine qu'elle obtiendra ce qu'elle veut avec de la douceur et de la patience.

En effet, elle reçut une enveloppe sur laquelle était tracé :

*Savitaipole.*
*Commune de Koirami,*
*par Haparanda*
*(Finlande).*

Et, seulement, en lisant ces baroques syllabes étrangères, elle comprit nettement comme il était loin.

Le directeur la regardait avec une pitié mêlée de curiosité, s'attendant vaguement à la voir s'évanouir. Cependant, elle se redressa toute, brusquement, comme sous un coup de fouet.

— Je vous remercie.

Il tenta de balbutier quelques paroles de sympathie. Elle le regarda d'un air si étrange qu'il se tut.

— Merci, monsieur.

Et, l'écartant d'un geste, elle partit.

Elle se retrouva dans la rue, tenant à la main le bout de papier où l'adresse d'Yves était inscrite. Elle le jeta loin d'elle. À quoi bon ? Est-ce qu'elle avait jamais osé aller contre sa volonté ? Et sa volonté, maintenant, ne l'avait-il pas clairement signifiée en s'en allant sans un mot d'adieu ? De nouveau, elle pensa : « Je l'ai toujours su… j'ai toujours su qu'il s'en irait un jour, sans rien dire… »

Instinctivement, elle se dirigeait vers sa maison, quand, au coin de l'avenue, elle s'arrêta : devant la porte elle reconnaissait l'auto de son mari. Elle regarda l'heure, étonnée ; il allait être midi. Bientôt il faudrait se mettre à table, s'asseoir en face de Jacques, lui montrer sa pauvre figure ravagée de larmes… Mais jamais elle n'en aurait la force ! À la première question de son mari, elle éclaterait en sanglots et elle avouerait tout.

Elle marcha jusqu'au bureau de poste voisin, téléphona, fit appeler Marie.

— Marie, je ne rentrerai pas déjeuner… J'ai été retenue…. chez une amie malade…

Laissant à Marie le soin de se débrouiller, elle sortit. L'horrible chaleur lui faisait du bien : elle l'empêchait de penser, de se souvenir… Elle ne souffrait presque plus ; l'asphalte brûlait ses pieds à travers les fines semelles, et elle ne ressentait rien d'autre. Elle marchait, marchait, sans se douter qu'elle recommençait peut-être, la promenade tragique de son amant, une nuit…

Elle se trouva, sans trop savoir comment, sur les quais de la Seine. Elle traversa un pont. Un peu d'air frais montait de l'eau. Brusquement sa résignation, qui n'était qu'une espèce d'engourdissement physique, cessa sous une poussée de désespoir tel qu'elle s'arrêta et porta ses mains à sa gorge comme une femme qui étouffe.

— Yves, Yves…

Elle ne le jugeait pas. Toujours, elle avait éprouvé envers lui ce sentiment d'incompréhension mêlée de respect superstitieux, qui fait presque tout l'amour de la femme pour l'homme. Elle n'avait ni haine, ni rancune, ni mépris. Rien qu'une immense stupeur. Elle n'entrevoyait même pas à sa fuite une autre raison que celle de cette volonté d'homme que l'on subit sans la comprendre, comme la volonté de Dieu. Elle n'apercevait pas une lueur de la vérité. D'ailleurs l'aurait-elle sue, se serait-elle doutée que, cette nuit-là, au Bois, Yves était à côté d'elle dans l'ombre, qu'elle n'aurait pas compris davantage probablement... Est-ce que cela pouvait s'appeler « tromper », cette espèce de jeu sans gaîté, ce passe-temps qui l'avait distraite pendant quelques heures ? Est-ce que ce n'était pas pour lui, au fond, pour tenter de calmer un peu cette tendresse exagérée qui l'obsédait, l'étouffait ? Certes, elle ne se sentait pas coupable envers Yves. D'ailleurs, elle n'essayait pas de comprendre. Quand on meurt, on ne demande pas « pourquoi » ? C'est la loi.

Elle marchait, marchait toujours, sans sentir la fatigue, vaguement soulagée parce qu'elle était seule, sans personne pour qui il fallût dissimuler, mentir, sourire.

Elle allait le long des quais. De temps en temps, ses yeux fatigués se fermaient sous la réverbération intense de la Seine dans le soleil, et puis, elle respirait avec malaise l'odeur de charbon qui montait des berges du fleuve. Dans une boutique, des perroquets criaient ; de la porte ouverte des bistros un peu de fraîcheur et d'ombre venait par bouffées, avec un relent de vin suri.

Frappée d'un souvenir brusque et vague, comme un parfum, Denise s'arrêta. Elle regarda autour d'elle attentivement. Elle se rappelait. Elle était venue là, une fois, avec Yves. Seulement, c'était un soir d'hiver, un soir de pluie... Des terrassiers, qui se chauffaient sous leurs caoutchoucs mouillés, en tendant les mains à la flamme rouge d'un brasero, avaient ri en les voyant passer : ils s'en allaient si tranquillement, bien serrés l'un contre l'autre, sous l'averse... et les lumières de la ville qui vacillaient comme si le vent allait les éteindre... Oh ! elle se rappelait, elle se rappelait bien... Et, comme il arrive souvent, ce souvenir en mena d'autres vers elle, comme des enfants qui se tiennent par la main... Elle revit la figure d'Yves avec une précision d'hallucinée. Elle revit même plus loin et plus profond que ses traits — son regard, son sourire, les nuances fugitives de son humeur et la pâleur de son désir, et ses colères, et ses fatigues, et ses rares élans de tendresse, et ses caprices, et ses silences.

Et alors, elle se rappela aussi avec étonnement qu'elle avait été malheureuse. Elle ne comprenait plus. Elle repassa avec application dans sa mémoire toute sa liaison. De la monotonie, de l'ennui, de l'inquiétude, de la tristesse... Pauvre amour, gris et triste comme une journée d'automne... Pourquoi se nuançait-il à présent, dans son souvenir, d'une sorte de douceur amère ? De nouveau comme un malade qui sait qu'il va mourir et qui cherche à s'en consoler en évoquant les infirmités, les souffrances, la misère de sa vie, elle essaya, avec une volonté désespérée, de se représenter les heures mauvaises, l'angoisse, le doute... C'étaient des pensées faibles et pâles comme des mortes. Mais, tout à coup, le souvenir surgit, celui qu'elle n'appelait pas, net et vivant à crier. Le sourire d'Yves, le doux sourire inattendu, innocent et sérieux, comme celui d'un enfant, qui éclairait brusquement tout son visage et qui s'effaçait lentement, laissant aux coins des lèvres comme une palpitation de lumière. Elle le vit si proche qu'elle tendit instinctivement les deux bras, comme si elle pouvait le toucher.

— Mais c'était le bonheur !

Elle l'avait crié tout haut. Des hommes qui passaient la regardèrent avec étonnement. Elle eut honte. Ses mains levées s'abaissèrent jusqu'à sa bouche, étouffèrent son sanglot. Elle demeurait là, dégrisée, tout d'un coup, meurtrie et lasse jusqu'à la mort, regardant d'un air stupide la Seine qui brillait. Un taxi passait ; le chauffeur, en la voyant, ralentit. Elle monta machinalement, donna son adresse.

La voiture roulait, avec des cahots, sur le pavé pointu des vieilles rues. Elle ne pleurait pas. Elle ne souffrait même plus. Elle répétait seulement, sans cesse, comme une petite fille fait d'un problème qu'elle ne comprend pas :

« Voilà, voilà, c'est fini… Et je n'ai pas su que c'était le bonheur… Et à présent, c'est fini… »

Édition exclusivement réservée aux adhérents du Club
Le Grand Livre du Mois
Réalisée avec l'autorisation des Éditions Gallimard.

*Composition Interligne.*
*Achevé d'imprimer*
*sur Roto-Page*
*par l'Imprimerie Floch*
*à Mayenne, le 6 septembre 2010.*
*Dépôt légal : septembre 2010.*
*1er dépôt légal : avril 2010.*
*Numéro d'imprimeur : 77507-1.*

ISBN : 978-2-286-06884-4 / Imprimé en France.